Fan
ファン文庫

JN190943

アパレルガールが
あなたの洋服をお選びします

著　文月向日葵

マイナビ出版

Contents

Apparel Girl Chooses
Your Clothes

Apparel Girl Chooses Your Clothes

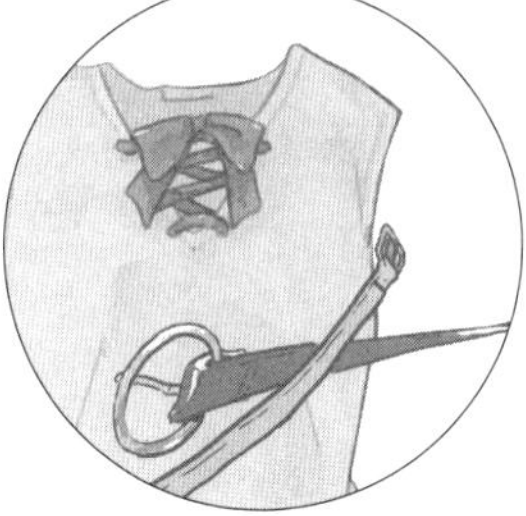

〔 レースアップ
ニット 〕

lace up knit

1

携帯電話のアラーム音で目覚める、いつもの朝。緑色のカーテンで覆われた部屋の中は、少し明るみを帯びていた。スマホを手に取り、時刻を確認する。朝の七時三十分。

今日は早番の出勤。

私、岡田朱音《おかだあかね》は羽毛蒲団の中で身を丸めたまま、動けなかった。耳を澄ますと、さざ波の音が緩やかに聞こえる。

(起きなきゃ……)

私は意を決し、ようやく身体を起こした。カーテンを開ける。

朝のやや強めの光は、初夏を表している。後、ひと月もすると夏がやって来る。ここのところ日中は、暑い日が続いていた。左側に視線を遣ると、迫力のある、大きな明石《あかし》海峡大橋が視界に入った。

明石海峡大橋は、神戸《こうべ》市の垂水《たるみ》から淡路《あわじ》市までを結ぶ、所謂《いわゆる》明石海峡を横断するようにかけられた橋。世界最長のつり橋と言われている。その橋が、海辺の近くの自宅のマンションから見え、この光景を見る度に、とても贅沢な気分になる。

窓を開けた。

海風が、私の髪を優しく撫でる。潮の香りが心地よく、鼻孔をくすぐった。朝の光を照らした青い海は白く小さな波を立て、微笑んでいるように見えた。

瀬戸内海の波の流れはとても穏やかだ。この潮の香りが大好きだ。

私が住んでいる兵庫県明石市は、日本標準時の基準の東経百三十五度子午線を通る街だ。瀬戸《せと》内海に面しているため、海産物が有名だ。季節ごとに色んな魚が釣れる。中でも、タコや鯛は有名である。そして海苔も特産物の一つだ。

海水の流れが速い明石海峡。そのため、この海に住んでいる魚はよく運動し、エビ、カニ、プランクトンなど豊富な餌を食べて育つため、おいしい。

この街の名物といえばなんと言っても、明石焼き。所謂『たこ焼き』ではあるが、一般のたこ焼きとは少し違う。

小麦粉と、じん粉と言う粉をだし汁で溶くのだが、一般のたこ焼きの生地よりも、もう少しゆるめに溶く。つまり、一般のたこ焼きよりも明石焼きのほうが、水分が多い。タマゴを加えた生地に明石産のタコを入れ、たこ焼き器に流し、焼いたものだ。ちなみに、じん粉とは、小麦粉からでんぷん質のみ取り出して、作られた粉のことである。

たこ焼きと言えば普通は、ソースをつけて食べるが、明石焼きは関西風のうどん出汁《だし》に似た、だし汁に浸して食べる。

　この街で育った私は、これが大好物だ。口の中に入れると、生地が柔らかいので、トロッととろけるような食感。優しい出汁の味が染みて、幸福を感じる。

　地元の新鮮なタコはまた、旨味を引き出してくれる。この街には色んなところに、明石焼きの店がある。実はうちでも作ったりするくらいだ。これを食べるのは明石市だけではない。兵庫県全般でいつの間にか愛されるようになり、兵庫県の県民食になりつつある。神戸に行っても、西の地域の加古川《かこがわ》や姫路《ひめじ》でも、食べることが出来る。

　明石市は、神戸市と隣接しており、神戸に通勤する人のベッドタウンの一つだ。私の住む街は基本的に住宅街ではあるが、もう少し西へ行けば田園風景が少し広がる地もある。

　そんな私もここ、明石の自宅から神戸まで、電車通勤をしている。私の仕事は、アパレルショップの店員だ。

　JRの明石駅から神戸の一番の繁華街と言われている三ノ宮《さんのみや》まで、新快速で十五分程。ベッドタウンとしては、便利で最高の地だ。

　神戸市は日本で六番目に大きな都市で知られている。山と海で囲まれた街。百五十年前の開港以来、色んな西洋文化が入ってきた街だ。そして、港町でもある。日本一の洋菓子の街として知られている。

神戸市にはおいしい、パティスリーが数多く、存在する。これは明治時代からいち早く、西洋文化を取り入れたからだ。神戸はシュークリーム、マロングラッセ、ワッフルや、バームクーヘンの日本発祥の地だ。

そして『ファッションの街』とも言われている。実際、神戸の街の中を歩いていると、お洒落な人が多い。現に神戸では『神戸コレクション』という最大なファッションショーが年に二度、催されている。その『神戸コレクション』は今では、国際イベントとして発展している。そんな私も、洋服が大好きだ。けれど、勉強は大嫌いだった。一応、神戸市内の女子大には進学したものの、やっぱり勉強は嫌いで、学校を辞めてしまった。

両親は二人揃って、小学校教師。何かの間違いじゃないかと、思うほどだ。大学を中退してから両親は私に対し、何も期待しなくなった。実はそれに安堵している一方で、虚しくもある。

私の取り柄はお洒落なこと。お洒落の根本はやっぱり、流行の洋服を着ることだ。

海の風が窓辺から入って来るのは、いつものこと。最高の贅沢を感じながら、身支度を始める。両親は既に出勤していて不在。今日の服は社割で購入した、ベージュのパンツに、カーキ色のフリルシャツ。鏡に全身を映した。

サラサラの長い黒髪。目がパッチリという程ではないけれど、程よく大きい目の瞳に、二重。形の整った小さな唇。

私の勤務している店の名は『ミント・シトラス・アトレックス』。二十代から五十代まで、幅広い年代の女性から強い支持を得ている。

メンズ商品も取り扱っているので、当然、男性店員もいる訳だがうちの店の場合、男性店員の採用基準は、女性店員の採用基準より厳しい。『イケメン』でなければ、ならない。

私は毎朝、髪も丁寧に手入れをする。

メイクは、少しブルーの入ったアイシャドウに、濃い目のピンクベージュのリップ。少しメイクは濃くする。

とにかく洋服以外でのお洒落にも、気を抜けない。ネイルも昨日の夜、バッチリつけたばかり。

うちのショップに入荷したばかりの、新商品のリングを中指と人差し指にはめる銀色の、シンプルな形のものだ。耳にローズクオーツのピアスをして、出来上がり。

もう一度、鏡の前に立ち全身を映し、念入りにチェック。

「あぁ～あ、この服好きじゃないんだよなぁ」

クルリと鏡の前で一回転してみた。あまり好みではない服でも、着なければならないのが、この仕事。所謂、制服。

うちの店は、自社製品を一点だけ身につけていれば良い方針だ。店によっては、全身自社製品じゃないとダメというアパレルショップもある。私は基本的に、自社製品を全部身に着けていることが多い。なんと言っても、社員割引のおかげで半額で購入出来るから。金銭的なことを考えてのことだ。

今日も朝食を摂ってから、出勤。自宅から明石駅までは自転車で、十分程。いつものように混雑した新快速に乗って、三ノ宮駅まで向かった。

時刻は午前八時四十五分。十時開店だから、九時には店に着いていなければならない。

三ノ宮駅周辺は、南側も北側もたくさんのビルが乱立している。南側が繁華街だ。こちらは同じビルでも商業施設が集中していて、にぎやかかつ華やかな雰囲気だ。どこか洗練された静かな都会の風が吹く。そんな風を浴びながら、駅前の商業施設のビルが建ち並ぶ中、私は少し東へ向かった。向かった先は『オレンジビル』。

十階建ての、グレー色の長細いビルだ。私の勤務しているお店はここのビルの一階にある。隣には、コンビニ。二階以上はいろいろな会社のオフィスが入っている。一階はアパレルショップが他に、二店入っている。

裏の従業員入り口から、入り、ロッカーへ向かった。荷物を置いてから、売り場へ行く。

朝、出勤しても、遅く出勤してもとりあえず、この言葉で始まる。

「おはようございます」

「おはよう」

不愛想に返して来たのは、店長の佐々木由紀美《ささきゆきみ》さん。私より、髪が長く茶髪だ。

今日の彼女のファッションは、オーバーサイズのカーキ色のシャツワンピースに黒いサッシュベルトで、細いウエストをしっかり見せている。少し夏を先取りした感じ。

百七十センチある身長はモデルのようだ。シャツワンピースは、大体、春夏の流行だ。

整った顔の輪郭に、やや細い目だけどハッキリ二重。高い鼻に可愛らしい形をした唇。端麗そのものの容姿。お人形さんみたいだ。耳元には、ルビーのピアス。最近入荷したばかりの、パールがついたネックレスに、足が疲れない赤いパンプス。

この人は容姿は完璧だけど、超絶性格がきつい。彼女のせいで、辞めたスタッフは何人いるだろう。一人、二人、三人……。いや、数えられない。

私だってこの人のせいで、辞めたいと思ったことは何度もある。でも私だっていずれ、店長になりたい。この女の位置をいつか奪ってやりたい。そんな野心を抱いていた。

そして私はいつでも綺麗でいたい。その強い意志は変わらなかった。

(磨けば、きっとこの人より綺麗になれる筈《はず》！)

心にギュッと力を込めた時だった。

「岡田さん、さっさとボディの服、変えてよ。昨日新しい商品入荷したやろ！」

店長の尖り声が耳に響いた。

「はい！」

いちいち上から目線の彼女に敬語を使うのも、バカバカしく感じるが、仕方ない。私は言われた通り、昨日入荷したレモン色に赤い花柄生地のスカートをボディに着せ、黒いカットソーを着せた。ちなみに『ボディ』とはマネキンのことだ。

奥ではまた、聞いているだけで心がすり減りそうな程の、怒鳴り声がこちらまで響く。私より一つ年上の、沢野志穂《さわのしほ》さんが店長に叱責《しっせき》されていた。口紅が真っ赤すぎるとイチャモンを、つけられている。彼女はショートカットの可愛い系女子。涙を堪えている姿を見ると、痛ましく感じた。

そして私は店長の心中を読み取っていた。

自分の口紅と同じ色だった沢野さんに、店長は立腹しているのだ。

(全く、面倒な女だなぁ……)

人と同じ色が嫌だ、ムカつくと思うんだったら、自分が口紅の色を変えればいいのに。

私も先月、全く同じ柄のシフォンスカートを穿いて出勤したら、イチャモンをつけられた。私達は、もしもの時のために社割で買った洋服を何着かロッカーに置いている。その中の一つの、黒いパンツに穿き替えたのを、覚えている。

(あー、最悪)

こんな性格が悪い女と私は、かぶっていることが一つある。

彼氏がいないということだ。

私はまだ二十歳。だから、別に焦っていない。今は仕事に一生懸命。

けれども店長は私より五歳年上。少し焦り始めたのか、実はこの前昼休みに婚活パーティーのチラシを見ていたのを、知っている。

(あんな性格じゃ、男も逃げるって)

心の中で呟く。

ボディに服を着せ終わり、レースの巾着バッグをボディの手にかけた時だった。

「おはよーございます」

ヘラヘラした呑気な声が耳に届く。

その声を聞くと、少しげんなりした。

「おはよう……」

私は声が聞こえたほうに視線を向ける。この人が、西野哉《にしのはじめ》。背は百八十と、高身長。ややガッチリ系の体軀だけど、細い。スッキリした顔立ちに短髪のサラサラヘア。外見は良い。この人が私の下で働いているのである。

2

「店長また荒れてるんっすか」

西野君は苦笑いを刻みながら、店長の顔を遠くから一瞥した。彼も店長が苦手なのだ。

私は「まぁなぁ」と、適当に生ぬるい返事で流した。

「あんたも、気ぃつけてよ。あんたがドジやる度に私、いっつも、店長から怒られるんやから」

眉を顰《ひそ》めつつ、西野君の顔を見る。すると彼は「はぁい」と生ぬるい返事を私に返しただけだった。

新人の西野君は、入って二か月。主にメンズ担当だ。メンズ服は男性店員が、基本的に担当する。が、男性店員の手が空いていない時は、女性店員が、男性客の対応もしなければならない。それは、どちらも同じ。

女性店員の手が空いていない時、女性客が服を物色している際は男性店員が、声掛けをするようになっている。が、男性店員が女性客に声をかけると、大体が嫌な顔をされる。

仕方がないことだった。あまり、自分の服の好みやサイズを女性としては、見知らぬ男性に知られたくないだろうから。

そこは、今のところ解決策がないらしい。いやいや、それじゃぁダメでしょう。と思うのだが。

沢野さんは泣きそうな顔をグッと堪え、しばらくすると少し落ち着いたみたいだ。彼女と一緒に店内に、掃除機をかける。ちなみに沢野さんは背が低めのナチュラルな感じの女性。白いカットソーと、前ボタンのデニムのスカートを上手に着こなす。

男性スタッフは、西野君と河合《かわい》さん。河合さんは店長と同じ年。西野君より背は低いが、サラリーマン経験がある、感じのいいスタッフだ。

身長百七十五センチに、やはり痩軀。ビジネスマンの背広に、良いアドバイスをする。うちの店はあまり、背広は売っていないが若干、販売してはいる。河合さんは西野君と一緒にレディース物と、メンズ物の検品作業を行っていた。

店長はメールをチェックしている。本部からどんな指示があるか、確認していた。

「岡田さん、沢野さん」

私達二人は店長の声に、肩がヒュッと自然に上がった。

「はい」

掃除を終えた私達は、店長のところへ駆け寄る。自分の心情はさておき、仕事での伝達事項だと、察知したから。

「近いうちに、新作がまた入荷するから」

彼女はそう言ってカタログを私達に見せてくれた。薄いラベンダー色のトップス。下の裾は少しレースになっている。もう一枚はロング丈のスカートで、黒い生地のニット素材。

これは売れそうだ。

「売れそうですね、これ」

沢野さんが、ロングスカートを指さして言う。私と同じことを思ったようだ。

「うん、多分売れると思う。ニットのスカートなんかは特に」

店長は美しい顔に少しだけ、笑顔を浮かべたがすぐにまた、不愛想に戻る。

笑っていれば綺麗なのに。性格ももっと優しければ完璧なのに。台無しだといつも思う。

「去年、こういうのが入って来てすぐに、完売したからなぁ。セールになる前に、入荷してすぐ完売やった。今回もそうなると思うから、少し多めに発注しとくわ」

「「分かりました」」

私と沢野さんは、口が揃った。

黒のこのリブニットのスカートは、スタイルがよく見える上に、ウエストもゴムでラクだ。スカートの丈も程よく長い。ニットは伸縮性があり、体に圧迫感を与えない。ラクでスタイルがよく見えるというのは、かなり女性にとってはお得感がある。しかも、お洒落に見える。

お値段は五千九百円。絶望的に高い訳ではない。学生さんから見ると、安くはないかもしれない。しかし、小遣いを貯めれば購入出来る額。

私もこれは、売れると見た。これは、私も是非買いたい。

プライベートでは着こなせるから。私達はお客様が気を悪くしてしまうから、完売した商品を着て、店頭に立つことは禁止されている。

「さて、開店前のミーティングするから、みんな、集まって」

大きな声で店長は、スタッフに声をかける。

「清水和香子《しみずわかこ》さんというお客様が、先月発売になった白生地にサクランボの刺繍がついたシフォンスカートを注文されまして、明日から明後日にかけて、来店し、受け取りに来る予定です」

私達は小さなメモ帳を渡されている。それにメモを取る。

そのスカートは実は、ここ、神戸店では売り切れだった。だから他店に電話して取り寄せたものだった。それが入荷したと、店長が昨日電話で清水さんという方に、お伝えしたばかりだ。

「そして、最後にファッションチェックを行います」

店長はスタッフ全員を凝視するように、見渡す。最終的にここで、スタッフ全員のファッションチェックを行う。

スタッフ同士の服がかぶっていた場合は、即、着替える。もしくはお互い、手持ちの服を貸し合ったりもする。先月の私と店長のようにかぶることはよくある。

そして、お互い身だしなみの確認をする。

「岡田さん、メイク崩れかけてる」

沢野さんが教えてくれた。

「あ、ありがとう！」

私は早速『スタッフオンリー』と書かれているドアを開けた。ここは、洋服の在庫がストックしてある、倉庫であり、右と左の棚には洋服がギッシリ置かれている。その真ん中に、小さなテーブルがあり、スタッフの貴重品や小物類が入ったバッグやポーチが置かれている。

一応化粧直しルームとしても、使っている。それぞれ女性スタッフは、ポーチの中に化粧品を一式入れており、化粧崩れをした際、サッと直せるように、あぶらとり紙、ファンデーション、口紅やアイシャドウは、欠かさず常備している。

私は早速、頬をティッシュとあぶらとり紙で抑え、薄くファンデーションを塗りなおした。私は基本的にオイリー肌。メイクがすぐに崩れてしまうのが、悩みだ。

割と広い店内には、数々の洋服がディスプレイされている。店内にはすっかり夏物商品が並んでいた。春のパステルカラーの時期が終了した後は、夏らしく、白やビビッドオレンジ、ブルー色が並ぶ。

オレンジ色は若干着こなすのが難しい色なので、なかなか売れないことも多い。しかしそれぞれ、多々のデザインの色や服が主張しあい、売り場を彩る。

この場所は、夢のあるクリアな空間だ。

十時に開店。

しかし、なかなかお客様は訪れない。午前中の開店直後はこんなものだ。これが駅前の複合商業施設なんかだと、開店直後からたくさんお客様も訪れる。でもここは商業施設の裏にある、オフィスビルの一階のテナントであり、人の目につきにくい場所にある。

十分位経過したあとに、ようやくお客様が一人訪れる。その後、立て続けに二人、来店した。平日のこの時間に訪れるお客様は、主婦のほうが多い。

多分一般よりは、少し稼ぎの良い旦那さんをお持ちの奥さんだろう。

ご来店したお客様は、ベビーカーを引いた三十代らしき女性だ。ピンク色の洋服を着た、可愛らしい女の子がベビーカーに乗っている。職業柄、他のメーカーの服や、子供服にも知識が身につくのが、この仕事。

そして次々とお客様が来店する。少し胸を撫でおろす。絶対お買い上げ下さるとは、限らないのだが。

「いらっしゃいませ」

私は愛想のいい笑顔を向け、頭を下げた。

エメラルドグリーンのトップスを手に取った、ベビーカーを引いたママさんはこちらを向いて軽く会釈し、キョロキョロする。どうやら鏡を探しているようだった。

「鏡があちらにございます。どうぞご利用下さいませ」

私は笑顔で、その場を離れる。少し前までは、アパレルの店員は積極的に話しかけてお客様に色々商品の説明をするようにと、伝授されていた。ショップによって違うけれど、基本的にはそうだ。けれどもそれが嫌だというお客様も多かったため、方針を変えたアパレルも、多い。

サラッと挨拶をし、すぐにその場を離れる方針に変えた。そして、少し前まであった個人販売ノルマはなくなった。

しかし、店舗売上ノルマはある。

この店は、レディース物は、主にフェミニン系から、キレカジ系、カジュアル系を取り揃えている。メンズ物はカジュアルとキレイ系が主だ。

残念ながら三人共、お買い上げにはならなかった。仕方がない。

入れ替わるように、他のお客様が二人来店された。四十代、五十代かと思われる女性。

この年代の方にも合う商品はうちには、多数ある。見た感じ四十歳位かなと思われる女性の方は、カーキ色のゴムが入っているロングスカートを購入され、五十代の方は、黒い半袖のニットを購入された。

お買い上げ下さると、私達も嬉しい。安堵が心にこもり、自然と笑顔になる。

男性二名は少し、退屈そうにしている。平日のこの時間あまり男性客は来ないから。


正午を過ぎると、昼休み中だと思われる若い背広を着たサラリーマンの男性が、昼食後に訪れる。実は正午過ぎは、てんやわんやになることもある。会社の昼休みと重なるからだ。早めのランチを済ませた会社員たちが、残りの時間を、つぶすためにご来店されることが多い。


それは女性も同じ。

ある程度の買い物とランチを済ませた主婦が、この時間に来店されることもある。

二歳くらいの男の子を連れた、多分、三十代前半位の主婦だと思われる女性が来店された。


うちの製品の洋服を着て下さっている。薄いペパーミントグリーンのスカートに、紺色のリブニット。ベージュのヒールに、白いハンドバッグ。彼女は別のメーカーの洋服のショップ袋と、デパ地下のお総菜が入った袋を持っていた。

買い物とランチを済ませ、デパ地下で夕飯の買い物をし、これから帰る途中、この店を通りかかりフラッと入ったという感じである。彼女はこの店の常連客かもしれない。

それなら、何か買ってくれるかもしれない。

黄色の台形型のスカートを早速彼女は手に取った。少し長めの丈である。そんな時、昼休みのOLらしき女性が、入荷したてのパンツを持ってレジへやってきた。この時間しか買い物出来ない人も多いため、私達はてんやわんやで、レジ業務に追われる。うちの店はレジが三つあるのが、唯一の救いだった。

メンズ物を物色している男性客はいるけれど、試着は、しなかった。そんな時だ。先ほどの黄色のスカートを手に取った女性が、試着をしたいとレジにいる私に駆け寄ってきた。

「少々お待ち下さいね」

そう言ってから、西野君を呼んだ。女性客には申し訳ないけれど、男性スタッフに任せるしかなかった。

幸いその女性客は嫌な顔を一つすることなく、西野君に試着室へ案内された。西野君はハンガーから商品をはずし、その女性に手渡す。彼女は試着室へ入って行った。

レジの前にまた、お客様の短い列が出来た。私達にも焦りが生じた。でも洋服は丁寧に畳んで、ショップ袋に入れなければならない。

「お待たせ致しました」

お客様からお金を受け取った後、商品が入った紙袋を、お客様に渡す。

この時、お客様の顔が嬉しそうに微笑むことが多い。私はその顔を見るのが好きだ。こちらまで幸せをもらって嬉しい気分になる。

うちのショップ袋は人気がある。店の名前の通り、ミント色の淡い色で、レモンの輪切りの絵が真ん中に描かれている。さわやかで可愛らしいショップ袋。

可愛らしいショッピングバッグを持っているとウキウキするし、大好きな洋服を買った時の嬉しさが交じる。そんな彼女達の顔は、年代問わず可愛いと私は思っている。

彼女達の嬉しそうな顔を見るのが大好きだ。うちの製品を着て、どんどん綺麗になってもらいたい。

そんな願いを込めてレジ打ちをしている時だった。西野君が先ほどの、黄色いスカートのお客様の対応をする。ご購入されるようで彼は、お客様をレジへ誘導した。

「いっぱい買っちゃったんですねー。おいしそうなデリカも買っちゃったんですか？」

ヘラヘラとトークする西野君。お客様は露骨に嫌な顔をした。

私はそんな西野君の台詞を聞いて青ざめた。慌てて、店長の顔を見る。店長は私のことを、キッと睨みつけた。その顔は般若《はんにゃ》を彷彿《ほうふつ》させる。恐ろしい。

そして彼女に目で指示された。あんた、何とかしなさいよ、と。

（ひぃぃぃ！　西野、やめろー！）

私は心で大叫びした。

「岡田さん、レジ変わるわ」

店長は声だけは柔和な声を出す。お客様の前だから、だ。

その心中はすぐに読めて当たり前。西野を何とかしな、と言っていることには違いはない。

私は小さくそのお客様に礼をして、西野君がいる隣へ、慌ててすっ飛んでいった。

「お客様、大変お待たせ致しました」

私は西野君をはねのけた。ムッとしたままのその女性客は、財布から、六千円を取り出していた。

「お会計、五千八百円になりますねー」

私は慌てて、ぶりっこした声を発する。

この女性客の怒りを止めるには、どうしたらいいのだろう。もし西野君のことがネットに書かれたら……。

この店の売り上げは、落ちてしまうかもしれない。

そんなことを考えたらゾッとした。そんな時、彼女の子供が視界に入った。ベビーカーに乗ったまま、小さな目をきょとんとし、こちらを見ている。

「お嬢さん、可愛いですね。おいくつなんですか？」

すると、彼女は一気に顔が緩んだ。自分の子供を可愛いと言われて不快に思う人はいないから。

「えっと、もうじき二歳です」

「わー、そうなんですねぇ。可愛い盛りですね。いいなぁ」

私はそう言って、そのもうじき、二歳になる娘さんに微笑んだ。けれども、お世辞ではなく本当に、可愛らしかった。柔らかい頰に、まだ世の中の汚れを知らない無邪気な笑顔。一番可愛い時期かもしれない。

子供に視線をやりながら、綺麗にスカートを畳み、紙袋に入れる。

料金を受け取り、二百円のおつりとレシートを手渡してから、商品を渡す。

「また、ごゆっくりいらして下さいね。お待ちしています」

私は深く一礼した。笑顔は絶やさない。

そんな中、般若みたいな顔をしたまま店長は私のほうを睨みつけた。今すぐ注意しろと言っている。私は『スタッフオンリー』と書かれたドアへ、西野君を誘導した。

「あんた、何やってんねん！」

私は早速、叱咤する。

「何って……」

彼は何で怒られるんだろう？　と言いたげな顔をしている。確かにお客様とのコミニュケーションは、大事だ。

「お客様にあんなこと言うたら、あかんやん！」

他で何を買ったかなんて、店員に突っ込まれたくない女性客は多い。ましてやプライベートのことだもの。赤の他人に言われるとどこか嫌みに聞こえたり、角が立つこともある。

女性客なら、男性店員に言われると、尚更嫌だろう。

「何でですか？」

納得のいかない、西野君。私は苛立った。

「あ、あんたなぁ……」

怒りが爆発しそうになった時、店長が入って来た。

「西野君、アレ、まずいやんか。何で、あんなん言うんよ！」

静かに店長はおっしゃるが、充分きつい口調。顔には思いきり怒気がこもっていた。

「他で何買ったかなんか、知られたくないお客様も多いねん。ましてや、人に知られてまずいもん、他で買うたお客様もおるかもしれへんねん。だから、客に何買ったん？　って聞くなって、研修で私、教えたやん！　客のプライベートに触れたらあかんねん！」

店長は淀みなく怒気を込め、マシンガンのようにまくし立てた。今回は店長の言うことが、正しい。

私も傍《かたわ》らで無言で頷《うなず》いた。

西野君は、しょぼんとした顔をしているけれど、何で怒られるんだろう？　と不思議そうに眉を上下させた。

彼はなぜ怒られたか、まだ分かっていない。

「あんたの教育がなってへんから、こんなことになるんやで！」

店長は今度は私に、畳みかけて来た。予想通り。とんだとばっちりだ。

「はい、申し訳ありません」

私は頭を下げた。顔に自然と熱がこもる。怒りと恥ずかしさでいっぱいで、心のやり場がなくなっていた。数秒だけ、奇妙な沈黙が降りた。

「どういう教育しとんねん。あんた、アホちゃうん！」

店長は更にきつい言葉を、私に投げる。でもそれは西野君にも言っているようなもんだ。

私はしょぼんと、自然に肩を落とした。

ウキウキしていた先ほどの気持ちが一気に萎《しぼ》み、心に突き刺さる。

「こういう時、どないしたらええか、あんたやったらどうする？」

店長は私に聞き返して来る。相変わらず般若のような顔。私はこう、答えた。

「お客様。お荷物、おまとめしましょうか？　です」

大概が別に良いと言われるのだが、たくさん荷物を持っているお客様には、そう問いかける。店員として、気遣いが大事だ。

「そう！　その通り。お客様が他で何買ったなんか、絶対触れたらあかんねん。何でそれが、分からへんのよ、アホ！」

店長はまた同じ台詞を、西野君に投げ捨てるように言った。

3

その日は学生アルバイトの子が夕方からたくさん入ってくれるので、十七時半に上がった。西野君も、だ。

疲れたビジネスマンやＯＬの人混みに混ざりながら、混雑した神戸の街を歩く。そして三ノ宮駅へ向かった。

満員電車に揺られ、明石駅に到着した。ここの駅ではたくさんの人が降りる。

空はまだ明るく、憂いを秘めたような薄オレンジ色の空に、細長い雲がゆっくりと流れる。今から更に街をオレンジ色に覆い尽くした後、徐々に暗くなるだろう。

今日のことを振り返ると泥水が滲《にじ》み出てくるように、昼間の嫌な気分が蘇る。

明石の街の中は、帰宅する人であふれかえる。道路は渋滞する。そんな中、私は自転車を走らせ、住宅街の中を走った。街に広がる建物やコンビニの輪郭が薄れた。向かった先は自宅マンションの近くにある、明石焼き屋さん。

明石焼きを焼いて、創業四十年というお店だ。海の近くにあり、年季が入った野暮ったいコンクリートの建物だ。少しヒビが入っているところがまた、何年も経過していることを感じさせる。

「らっしゃい！」

お店のご主人は陽気な口調で語り掛けてくれる。奥さんと二人で店を切り盛りしている。お二人共多分年は七十代。近所の常連客が多い。店の中は五人ほどのお客さんがいた。全員、男性客。お年は多分五十代以降だと思う。仕事帰りに一杯飲んでいる感じがする。

古いテーブルに、丸い椅子。どこか昭和っぽい。実際、昭和に出来たお店だが。

ここの明石焼きはピカイチだ。メニューは一般的なお酒類、ジュース、明石焼き。それにお好み焼き、焼きそばもメニューにある。店の名は、『てっちゃん』という名前だ。なぜかこの店にどこか相応《ふさわ》しい気がした。私はビールと、明石焼きを注文した。

今、この店内にいるお客さん全員が、明石焼きを頬張っている。ここの店と言ったらやっぱり、明石焼き！

「はい、お待たせしました」

奥さんが、明石焼きとビールをあっという間に持って来てくれ、私の前に置いてくれた。

黄金色の完璧で綺麗な丸い、明石焼き。これを別の容器に入ったねぎたっぷりの、出汁につける。

アツアツの明石焼きを出汁につけて、口の中に入れた。ジュッと、カツオたっぷりの旨味が口の中に広がる。生地はとろけて口内に言いようがない、旨みが含まれた出汁と、タマゴの味が広がる。

（おいしい！）

私は噛みしめながら食べた。

（うっ！）

昼間のことを思い出す。何もこんな時に思い出さなくてもいいのに。

（ったく、あの西野め～！）

そう。今日は西野君のせいだ。あの子があんなこと、女性客に言うから。どうして女心が分からないのだろう。女は、食材を買った時、たとえ知っている人にも何買ったの？　なんて聞かれたら嫌な気分になることが多い。

プライベートの中に入り込まれた気分になる。よっぽど親しい同性にならら、聞かれても不快にならないこともあるけれど。自分でも分からないけれど、それが女心だ。

そんな女の気持ち、あの子にはまだ分からないのだろう。

ましてや、客と店員という立場だ。余計にあの主婦は不快になっただろう。ヘラヘラしてるし、転職癖はあるみたいだし。

（きっとあの子、この仕事続かないだろうな）

そんなことを思いながら、ビールを飲んだ。

せっかくの明石焼きが、嫌なことを思い出したせいで、少しおいしさが失われた気がした。

本当はとってもおいしいのに。せっかくの豊かな味わいが……。小さな旨味が、大きな旨味となって、口の中に広がっていたのに、だ。食べ終わった後、私は合計千二百円を支払い、外へ出た。海が近いから、夜風に潮の香りが含まれている。空は淡い紫色が広がり、生暖かい海の香りに包まれながら私は家に帰った。

複雑な気持ちを抱えながら。

4

それから二日後のことだった。その日は日曜日で、『遅番』だ。日曜日は、店内がとても混みあい、売り上げは一週間のうちで一番いい日。『ミント・シトラス・アトレックス』の商品は、女性のファッション雑誌に載っていることも多い。

さまざまな年齢層の客が店内を物色していた。予想以上の盛況ぶりで、レジも列が出来ていた。今日はメンズ商品もよく売れる日だ。出勤すると早速西野君がまた店長に、スタッフオンリーと書かれたドアの向こうの狭い部屋で、また怒られていた。

今度は何をやったのだろう。

「あんた、もうちょっと、ちゃんと仕事教えや！」

店長は西野君を叱責したその後は必ず、私に怒鳴る。また深刻なトラブルを起こしたか。いつものことだ。私はげんなりしながら、肩を竦《すく》めた。

「今度はどうしたんですか？」

「あまり女性客に接客しすぎて、嫌がられたんや！」

店長はどすのきいた声で、教えてくれた。あぁ、またか。最悪だ。

ひと前昔のやり方だ。物色している客にあれやこれや、話しかけてはいけない方針になったというのに。全く話しかけないのもダメだけど、話しかけすぎもNGだ。

「あれだけ、しつこく話しかけたらあかんって言うたやんか」

私も呆れた。短いため息が出た。

かなりきつい口調で店長の説教は続く。私も出勤した途端ついでに怒られるなんて、本当についていない。

「それと、今月の売り上げなんやけどさ、あと少し足りひん。あんたらも服買うやろ？」

店長はまた偉そうな口調と愛想のない顔で私達を交互に見ながら話題を変えた。

目は吊り上がり、鼻までピクピク動いていた。

あぁ、またいつものパターンか。店舗売り上げの目標に達することが出来ないと、従業員にも買わせる。

「あの、リブニットのタイトスカート、買います……」

私は甘んじて折れた。

「あれ、めっちゃ人気出ると思うで。雑誌にももう、載ってるんやて。完売したら店ん中で、着れへんようになるけど、ええんやな？」

念を押して目を吊り上げたまま、店長は私に尋ねて来る。上から目線で。

「……はい」

私は渋々、頷いた。

「分かった。西野君は？」

彼女はメモを取りながら、西野君のほうを見た。

「あぁ、僕は、カーキ色のカジュアルパンツ、買います」

西野君は、これ以上怒らせないよう、慌てた声を出す。彼も平穏じゃいられなかっただろう。

「ん、分かった」

店長は、一通りメモした後、すぐにドアの向こうへ行き「いらっしゃいませ」と語尾にハートマークをつけそうな勢いで、声を発する。百八十度、声をコロッと変えた。

パッと切り替えられるその性格、羨ましい。

私は気を取り直し、デスクの上にある伝票を確認した。『レースアップニット、白、青』と伝票に書かれていた。

「あ、レースアップニット、入荷したんや……」

去年から小さな人気を呼んでいた、レースアップニット。胸元のところにスニーカーの紐のようなデザインがついており、紐を交差する。最後に紐でリボンを結んで可愛さが演出されたそのニット。今もかすかな人気を呼んでいる。これは、私も買おう。

気持ちを新たにし、店内へ出た。西野君に「もうアホせんといてよ！」と念を押しておく。

「いらっしゃいませ」

賑わいを見せる店内の中で、笑顔を振りまきつつ店内を歩く。畳んであったカットソーを見たお客様が広げたまま、去って行く。それをまた綺麗に畳み直すのも、私達の仕事だ。

そんな時だ。

「あの」

おずおずと、小さな声で自信なさげに話しかけて来た、お客様がいた。

「いらっしゃいませ」

私は身につけた、営業スマイルを浮かべる。

そのお客様は多分、二十代前半。私より若干年上。ショートカットで、少し濃い目の化粧。

グレー色のカットソーにボタンのついたデニムスカートを穿いている。うちの商品だった。

「あの、リブニットのタイトスカート、『acac』で見たんですけど」

自信なさげに相変わらずその女性は、続けた。その口調が可愛らしい。少し引っ込み思案の女性なのかもしれない。

ちなみに『acac』は二十代から三十代までの女性に人気のファッション雑誌だ。

「ありがとうございます」

店長がさっき、言っていたことを思い出す。多数の雑誌に掲載されていることが多く、どの雑誌に載っているかは分からない。でもあの商品だ。店長が売れると予想していた、あのスカートで間違いない。

「あの商品はですね、実はまだ発売になっておりません。発売になりましたら、ご連絡さしあげましょうか？」

私はお客様に尋ねてみた。

「あ、ありがとうございます！」

その女性は嬉しそうに手を合わせる仕草をした。天然な性格なのだろう。

その仕草が可愛らしい。

「あの、そのリブニットのタイトスカートに合う、カットソーというか、ニットとかはありますか？」

彼女は私に、ファッションのアドバイスを求めて来た。お客様から、そういうアドバイスを求められることもある。そんな質問はこちらとしても、大歓迎だ。

「あー、そうですね。良い商品がございますよ」

私はあのレースアップニットが脳裏を過《よぎ》った。

バックから、レースアップニットを持って来た。

今は、白と青しかない。黒もあるが、うちの店舗では在庫切れだった。白と青を棚の上に広げて、お客様にお見せした。

「あの、黒はないんですか？」

少し残念そうな声で尋ねて来る。気の毒になった。彼女はモノトーンの色が好きなのだろう。今日のコーディネートを見て、そう感じた。

「申し訳ありません。黒が今、在庫切れでして。入荷予定はありますが日程はまだ、決まっておりませんので」

私は申し訳なく思い、少し頭を下げる。

「そうですか……。黒のニットがいいなぁと思って。そしたら、あれとこれ、セットアップで着れるし」

彼女のアイデアに、なるほど、と納得した。

「では、別の商品もございますが、こちらなどいかがでしょう？」

私はニットが畳んで置かれている棚へ進み、一枚、黒色のニットを手に取った。流行り廃《すた》りのない、Vネックのシンプルなデザインで、長く着られる。

「ううん、これはちょっと……。やっぱり、さっきのニットが欲しくて」

デザイン的には、レースアップニットのほうがお洒落だ。このお客様の心情も、理解出来た。

「かしこまりました。他店に問い合わせてみて、お取り寄せになりますが、宜しいでしょうか？」

私の問いに彼女は静かに頷いた。

やりとりを聞いていた店長が早速レジ横にあるパソコンを見て、他の店舗にないか確認している。

「お客様、大阪店に在庫がございます」

店長が彼女に伝えた。商品を取り寄せる場合、なるべく近くの店舗から取り寄せるようにしている。そのほうが荷物も早く着くから。基本的に取り寄せ方法は社内メール便。宅配便を利用する。

「あの……。何日位かかりますか？」

切羽詰まったように尋ねて来る、彼女。

「そうですね、今から、大阪店にお電話致しまして、二〜三日はかかると思います」

店長の言葉に彼女は困惑した表情で、それでお願いしますと頷いた。その不満そうな表情から見ると、急いでいるようにも見えた。

ここから大阪はそんなに遠くはない。だったら自分の足で直接、大阪店へ向かえばいいのだけれど、そういう問題ではない。

「お急ぎでしょうか？」

不穏そうな顔をする彼女に、私は尋ねた。

「ええ、まぁ」

どんな事情があるかは、分からないがちょっと大阪店のスタッフに、急ぐように言ってみようと、受話器を取ろうとした時だった。

「お客様、それでしたら、直接大阪店へ出向いてみてはいかがでしょう?」

そう答えたのは、やはり、西野君だ。

(この、馬鹿!)

私は西野君の足を、思いきり踏んづけてやった。また空気の読めない発言をしやがって!

足を踏まれた彼は目を丸くし、瞳が上下に動く。それでも痛さを堪え、笑顔を作っている。

目の前のお客様は、頓狂《とんきょう》な表情になった。なんてことを言うのだろう、と言いたげに。

店長がぎろっと西野君を睨んだ。非常に気まずい空気が流れた。

「ええ、近かったら大阪まで行くんですが、私、家が加古川でして……」

おずおずとそのお客様は、困った口調で言う。

加古川市は兵庫県内の西の地域に位置し、ここから若干、遠い。姫路、加古川に住んでいる人は、神戸まで買い物に出かけることも多い。JRの新快速が通っているから。加古川から神戸までは新快速で三十分位。

逆に神戸の人は、加古川より更に西へ位置する、繁華街の姫路までは買い物へは出向かない。

加古川在住の人は、大阪まで買い物に行くことはなくはないが、少ないだろう。やっぱり遠いから。大阪店まで行けない事情はよく、理解出来た。

「ですよね、申し訳ありません、当店のスタッフが失礼なことを申しまして。遠くからお越し下さいましてありがとうございます。もし、何でしたら代引きでお届けすることも可能です」

店長の流暢《りゅうちょう》な台詞に、彼女はパッと顔が華やいだ。

「そうして頂けると助かります。何かお手数おかけして、すみません……」

その女性は申し訳なさそうに、頭を下げる。

私は受話器を手に取り、大阪店のダイヤルを押す。

「いいえ、とんでもないですよ」

店長がニッコリ微笑む。美しく完璧な、客にしか向けない営業スマイルだった。店長は、性格はこんなだけど多分、仕事は出来ると思う。

レースアップのニットがよっぽど気に入ったのだろう。他の商品を薦めてもやはり、レースアップのニットが良いというのだから。

(可愛いもんなぁ、この服)

私までつられて、欲しくなってしまった。やはり、この胸元が可愛い。これを気に入ってくれた彼女に、どうしてもこれを着てほしい。

大阪店のスタッフが電話に出た。私は、詳細を伝え、やりとりした内容を早速、お客様に伝える。

「お客様、えっとですね、大阪店の者がですね、代引きで直接、宅配便で発送するとのことです。ご住所、教えて頂いて宜しいでしょうか？　大阪店の者にお伝えしますので」

私はペンを手に取る。急いでいるだろう彼女に、私はこの商品を、早く届けたかった。

するとその女性は愁眉を開き、住所を教えてくれた。

代引きを使った宅配便なら、手間がかからない。最近は、店舗から代引きでお客様の家まで宅配便で送るシステムを取っているアパレルショップも増えている。我が店も、代引きで発送出来る。

「送料はおいくらですか？」

彼女はハッと思い出したように問う。

「当店ではですね、五千円以上の商品は、送料無料になっておりまして。代引き手数料だけ、三百二十四円、かかります」と、店長が説明した。

このニットは、五千四百円だから送料無料。すると女性の顔には、また再び、安堵がこもる。彼女は心底嬉しそうに「ありがとうございます」と柔和な笑みで、頭を下げた。

5

その日はレジ締めもあり二十一時に仕事が終わった。私は西野君と一緒に、三ノ宮駅前の明石焼きの店にいた。三ノ宮界隈にも、明石焼きの店はあり、ここは深夜まで営業している。少しずつ客が帰り始めた。

列車の走る音が店の中にも響いていた。こぢんまりとした店内。まだお客さんは五、六人店内におり、明石焼きとお酒を堪能していた。

「あんたさぁ、ちょっと気がきかんよなぁ」

私は西野君を睨んだ。明石焼きが進む。なぜか空腹だった。もう一皿追加してしまった。やばい。おいしすぎる。

「え？」

彼はレモンサワーのジョッキを傾けながら、きょとんとした顔をしてこちらを向く。

「え？　じゃないで全く。何であんたってほんま、いらんこと言うんよ」

いつも余計なことばかり言うのだ。言いたいことをズバッと言う。あの後、佐々木店長は西野君に勿論、叱責した。私までとばっちりが来るかと思ったけれど、それはなかった。

そろそろ、西野君の教育係も終わりだろう。『ミント・シトラス・アトレックス』に入ってから、三か月は経過したから。

「昔から俺、よう言われるんです。最後の一言が余計や、言うて」

苦笑いを浮かべながら、西野君は明石焼きを頬張った。分かっているのなら、その一言、言わないでほしいのだけれど。

「だったら言わな、ええやん」

「何でやろ。言うてしまうんですよね。何でやろ」

西野君にしては重いため息をついた。珍しい。いつもヘラヘラしている西野君が真剣に落ち込み気味に、視線を落とす。

「以後、気をつけてよ。言葉を発する前に、よく考えてから、物言う練習したほうが、ええ。あんたは」

いつもヒヤヒヤさせられるから。こっちまで心拍がいつも加速する。私の心情なんか西野君には分かっていないだろう。

「あぁ、俺、だから彼女にも振られたんっすかね」

その言葉に私は頭を殴られたような驚きを覚えた。

「何？　あんた彼女おったん？」

こんな人にも、恋人なんていたのか。衝撃的だった。

「いましたよ。でもこの仕事してから振られたんっすよね、最近。時間が合わないからかなぁなんて思ったんですけど。やっぱ違うんかなぁ」

「うん、違うと思うよ。いや、すれ違って時間が合わなかったってのもあるかもしれんけど……」

どちらかと言うと、その性格が大きな理由じゃないか、と私は思う。

「ふーん……」

多分、当分新しい彼女は見つかりそうにない、この人には。この余計な一言をズバッと言う性格を直さない限りは。

「けど、あの人」

西野君はサラリと、話題を変えた。バツが悪いのだろうか。私はその話題に付き合うことにする。

「ん？」

「なんであんなに、あのレースアップのニットに拘《こだわ》ってたんでしょうねぇ。よほど大事なデートとかやったんかな」

「うーん、デートじゃないかも」

多分、仕事かなと、思う。デートなら、白やブルーのトップスでもいい筈。仕事であれば、モノトーンを合わせたほうが有効な職場もある。

堅い職場なら、黒や堅い色が良いこともある。

「仕事の戦闘服には、黒が無難なこともあるから……」

私は思う。私はまだ、この仕事しか体験していないけれど、そんな気がする。

「堅くなりすぎず、ブリブリになりすぎないニットが欲しかったんじゃないかな、あの人」

私は明石焼きを一つ、また頬張った。染みこんだ柔らかな出汁が、口の中に広がる。芳醇な味わいだ。さっきより明石焼きがおいしくなった気がする。

時刻が二十二時半を回った時、帰宅することにした。西野君はレモンサワーのジョッキ一杯で、真っ赤だ。きっとお酒に強くないのだろう。

仕事帰りの背広を着たサラリーマンで、駅はごった返していた。西野君は、地下鉄を利用しているため、駅でバイバイした。

この時間のＪＲは、イモ洗い状態。きっと東京の山手線なんかもこんななんだろうな。

なんて考えながら帰路を辿った。


それから、数日後の休日。

その日も奏でる波の音で、目が覚めた。目を覚ますと部屋の中はいつもより、明るみが増していた。両親は既に出勤している。

緑のカーテンを通って入って来る光は、明るすぎる強い光だった。少し部屋の中が暑い。カーテンを開けると夏をたっぷり含んだ、強い日差しが入って来た。

からりと晴れたスカイブルーの空は、私の心情を知らない。いつも、複雑な気分で日常を過ごしていることを知らない。窓を開けると、いつもより潮の香りが濃かった。

この海も、私の複雑な心の内を知らない。青い空を反映するような青々しい海は、相変わらず煌々としていて、今日も美しい。

今日は少し風が強く、いつも穏やかな瀬戸内海も、珍しく白い波が荒く立っていた。大きな明石海峡大橋の上には何台もの車が、走行して行く。

家にいてもモヤモヤするだけ。少し出かけようかな……。でも休日は、神戸方面には行きたくない。

ここ明石から程よく近い場所といえば、加古川。私はあのお客様のことを思い出した。

彼女も加古川と言っていたな、と。

この仕事をしていると足がむくむため、ヒールが低く足が痛くならない靴は必須になる。その靴を買いに、私は気がつくと電車に乗っていた。西へ向かう電車に乗るのは久しぶりだった。

ＪＲの新快速は、帰宅時乗る時は大体、姫路行きが多い。明石から西の方面へなかなか向かったことがない。

（よし！　行ってみよう）

ここから加古川は割と近い。新快速で二つ目の駅だ。

（加古川名物の、かつめしでも食べようかな）

電車に乗り、風景を楽しみながらそんなことも過った。

かつめしはご飯の上にビフカツを乗せ、たれをかけ、茹でたキャベツが添えてある加古川のご当地料理。ビフカツじゃなくトンカツでもいい。

田園風景が少し広がったかと思えば、住宅街が広がるのを繰り返す風景が窓の外を流れる。そうこうしているうちに、加古川へ到着した。

（いつぶりかな、加古川……）

加古川駅で下車し、街を歩いた。駅前には百貨店や商業施設がある。少し混雑した道路の脇を歩いていると、目的の靴屋さんを見つけた。少し値段は高いけれど、疲れない低めの黒いヒールを購入した。長時間歩くのに、適しているらしい。

（帰りに、かつめしを食べて帰ろう）

スマホを手に持ち、この辺においしい定食屋さんはないかと、検索している時だった。住宅街に差し掛かった時、左手に小学校が見えた。

（ん？）

小学校の脇から、帽子をかぶった小さな子供達がぞろぞろと、先生に引率されて出てくる姿を目の当たりにした。身長が低くてみんな、可愛らしい。多分、一年生か二年生だろう。

（あ！）

私は咄嗟に電柱の後ろに隠れてしまった。

（あの女の人だ）

あの、レースアップの黒いニットに、薄いグレー色の少し長めのタイトスカートを履き、一列に並んで歩く子供達を引率して歩いていた。社会科見学か何かかもしれない。

（なるほど……）

小学校の先生だったのか。結構おどおどしていたけれども、子供達の前ではしっかり

『先生』だった。大きな声を出し、子供達に丁寧に色々なことを説明している姿は、立派な教師そのものだ。

私より一つ二つ年上かな、くらいにしか思わなかったけれどもう少し、年上なような気がした。あの時、おどおどしていたのは緊張していたからだろうか。うちの店に買い物に来た時とは、天と地程の差があった。

あの黒いレースアップのニットに拘った訳が今、理解出来た。堅くなりすぎず、甘くならないよう、そういう服を求めていたことも分かった。まだ若いし、お洒落もしたい。だからあの商品が欲しかったのだろう。

(うん、似合ってる)

嬉しさがじわりと、胸のうちに広がる。

甘すぎず、地味でもない、黒のレースアップのニットはとても彼女に似合っていた。

私はそっとその場から離れ、左の角を曲がり目的の飲食店を見つけた。真四角の白い外観のお店はまだ真新しく、中に入るとペンキの匂いが鼻についた。

メニューは色々あったが迷わず、かつめしを注文した。この店ではよくこれを注文する人が多いらしい。だからなのか、すぐに運ばれて来た。

柔らかいビフカツと兵庫県産のキヌヒカリ。甘みがある柔らかな米だ。千切りキャベツに、手作りのソースの味は、何とも言えない。

先ほどの彼女の姿が脳裏を過る。イキイキしていた彼女。私の選んだ服を着て、仕事をしていたあの女性は、恰好良かった。

あぁ、この仕事をやっていてよかったと、喜びを噛みしめた。うちの製品を気に入って下さり、アドバイスした洋服を着て幸せになってくれる。

私にとって最高のご馳走だった。

その後に食べたかつめしは、おいしさが何倍も増した。

かつめしを食べて私は会計を済ませると、帰路を辿った。じんわりと脇の下に汗が滲む。もうすぐ、空気に熱がたっぷり孕み始める季節は、目の前だ。

Apparel Girl Chooses
Your Clothes

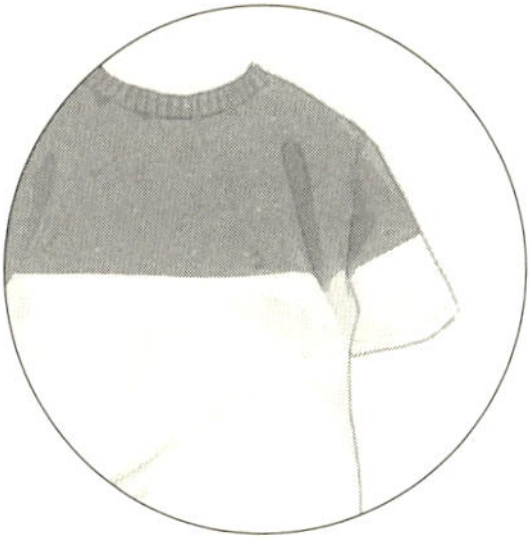

カラーブロック Tシャツ

Color block T-shirt

1

「岡田さん、笑って」

私は店長にいつもの辛辣な口調で促され、飛びきりの笑顔を作る。

「はい、チーズ」

店長はデジカメのシャッターボタンを押した。

今日の私のファッションは、ブルーと白の縦ストライプの半袖のシャツワンピース。色にメリハリをつけるため、アクセントになるように黒の細ベルトを腰にする。

イヤリングは入荷したての、ゴールドのひし形。多分、売れないかもしれないなぁと思いつつも、宣伝のために今日も私は頑張る。あまりこの店は、アクセサリー類は売れない。洋服が主流だから仕方ないけれど……。

でもアクセサリーだって、立派な商品。売れないと辛い。

「岡田さん、スタイルええし、これでお客様も興味持ってくれるやろ。今すぐブログにアップするから」

店長はデジカメをレジへ持っていき、早速ＰＣに取り込む。私の容姿を褒めてはくれているものの、少し棘《とげ》のある言い方に聞こえた。

『ミント・シトラス・アトレックス』の各店は、スタッフのコーディネートとしてブログに画像をアップすることになっている。週に一度は必ず行う決まり。うちの店はもっとアップしている。

所謂、宣伝だ。お客様にいち早く見てもらうために。勿論メンズ服もアップする。

「もう！　沢野さん！　その服！」

ＰＣに取り込んだ途端、突然怒声をあげ感情にまかせ、今日もわめく。この人はいつ、怒りだすか分からないから怖い。

いつもスタッフは、内心ビクビクしている。私もその一人。

沢野さんを私も見た。何がいけないのだろう？

前にファスナーがついたデニムのスカートはとてもキュートだし、ライム色のフリル袖のカットソーも素敵だった。

「その、ライム色のカットソー、ライバル会社のやん！」

佐々木店長は綺麗な髪をなびかせ、細い腰に右手をあて、怒る。

腕には大きなワッカのバングル。細身の紺色のタイトスカート。イエローの半袖ニットが様になっている。後ろ姿も『美人』そのもの。

というか、店長が怒る理由はそれか。暗鬱な気分になる。

『ミント・シトラス・アトレックス』は『エンジェルドットコム』という、アパレル会社が経営している。沢野さんが着ているのは、同じ会社で出している洋服のブランド『キウイーズ』。

キレカジ系のアパレルショップだ。

売り上げは、うちのほうが勝つこともあれば、『キウイーズ』のほうが勝ったり。

(別にいいじゃない……)

私は短く嘆息し、ボディに今日は別の服を着せていた。ロイヤルブルーの長めの丈のロングスカートに、白と黒のボーダーのカットソー。夏らしい、マリンスタイルだ。

店長はとにかく『キウイーズ』が嫌いだ。同じ系列の会社だけど、勝手に『ライバル社』と言っている。なぜ嫌いなのかは、私には分からないが。

その店のカットソーを着ているだけで怒られている沢野さんが、気の毒になった。自分勝手だ、本当に。

うちの会社は、全部うちの製品でそろえる必要はなく、一つだけ身につけていれば良い決まりになっているのに、もはや、立て前だけだ。結局、自社製品をみんな全部揃えて、着ているから。

しかし、自分が嫌いな製品だからスタッフにも着るなというのは、いかがなものだろう。

沢野さんは強引な口調に押され、泣きそうな顔になっている。

(あーあ、もういい加減にしてよ)

視線を反らし、男性スタッフの反応を確かめた。西野君と、店長と同じ年の河合さんも顰《しか》め面をし、メンズ服の新作を陳列しながら、ヒソヒソと話している。

おそらく、店長の文句を言っているに違いない。沢野さんはしょぼんとした顔をしながら、店長に手渡された服を持って右側のボディに服を着せようとする。

「気にせんほうがええで。あんな人の言うこと。ただの八つ当たりっていうか、押しつけやから」

私は言葉を選び、慰めの言葉をかけた。

すると沢野さんはその言葉に気を取り直し、瞳に柔らかな色が滲み、私も眉を開いた。

「うん、ありがと」

呟かれた声が、若干かすれていた。私達は二人で黙々とボディに、服を着せた。

いつもの掃除の後の、ミーティング。お互いの洋服の最終チェック。それが終わった後、店長は私達に告げた。

「今日、メンズ商品のカラーブロックのTシャツが入荷します」

カラーブロックのTシャツは、上の部分が白、グレー、黒の三色になったTシャツで、メンズファッション誌に掲載されているそうだ。

「多分、これ、カジュアル系が好きな女性にも好まれると思うんで、女性のお客様も買って行かれるかと思います」

私達はそれをメモする。店長はメンズファッション雑誌を手にとり、その商品が掲載されているページを開いた。

今、人気の男性モデルが、そのカラーブロックのTシャツを恰好良く着こなしていた。色合いも素敵で整っており、私もスカートに合わせたいくらいだ。お値段、四千円。

Tシャツの割には高い。この値段ならもしも、ファストファッションの店に同じようなデザインがあれば、お客様は流れていきそうだ。男の人でこだわりがない人は、間違いなくファストファッションのアパレルショップへ行く。

「他のファストファッションの店にない、メリットをお客様に伝えて下さい」

店長は言う。

（メリット……）

うーん。なんだろう。メリットか。やっぱり品は高い分、うちのほうが生地の質は良いよなぁ。どう、お客様にアピールすればいいだろう？　私以外のスタッフも、真剣に考える顔になる。そうこうしているうちに、開店五分前になった。ウインドウの外を眺めたが、お客様は立っていない。

「岡田さん、昨日の夜届いた商品の陳列と、検品、お願い。そこのパッキンに入っとる」

早速、店長に促された。私は「はい」と素直に返事をし、パッキンを開ける。

『パッキン』とは、段ボールのことだ。パッキンの中には、夏の新商品がたくさん入っていた。レディース物のTシャツ。デニムパンツ。メンズ物の、ジーンズ、ボーダーのシャツなど。

一つ一つ取り出し、検品を行う。不良品はないか念入りにチェックする。

「あ、これ、ボタン取れてる……」

ボタンが左側についている腰高のタイトスカート。流行で、人気が高い。ボタンがアクセントなのに、そのボタンが取れている。これは返品となるため、パッキンに詰める。

たまにこういう不備があるのだ。数々の新商品、夏物商品が入荷するのは、四月から六月。季節の変わり目のひと月前、ふた月前位が、大量に商品が入荷する。先ほど店長が言った、メンズ物の人気商品となりそうな、カラーブロックTシャツもしっかり、検品を行う。

（他は不備なし！）

それにしてもたくさんの新商品だ。これは大変。パンツは、生地が薄いものがたくさん入荷した。これから本格的な夏がやって来る。これが終わったら商品を店頭に陳列。陳列するために、店内へ商品を手に持ちながら、出た。

笑顔は絶やさない。けれども今のところ、お客様の来店はなし。少し寂しい気分になりながらも、店頭に商品を並べていく。

開店三十分した頃だろうか。一人の男性が来店した。年齢はおそらく、二十代半ば。男性だ。百八十位の身長。ブルーのカラーシャツに、濃紺色のワイドスラックス。どちらもうちの製品だった。

目がやや大きめで、瞳は女の子みたい。髪型はしっかり、ビジネスショート。端麗すぎる容姿だった。

「いらっしゃいませ」

私と西野君は頭を下げた。うちの製品を着て下さっているお客様が来店すると、とても嬉しい。

その後に続くように、また男性が来店した。カーキ色のシンプルなトレーナーに、黒のデニムパンツを穿いたロングヘアの男性。年は多分三十歳前だろうか。こちらのお客様は、西野君に、お薦めの商品はありますか？　と聞いている。

男性服は男性のスタッフに聞くのが一番だろうな、と、私は邪魔にならぬようその場から離れようとした時だった。

「あの、すみません」

話しかけてきたのは、二十代半ば位の先ほどの男性。

よく見ると、俳優並みの容姿。その長身がそう思わせた。

「いらっしゃいませ」

思わず見とれそうになるのを振り払い、笑顔で対応する。スマイル、スマイル。

「雑誌に載ってた、三色になっているTシャツが欲しいんですが……」

あの新商品のTシャツのことだとすぐに理解した。お客様は、もどかしい手ぶりで教えてくれる。

「はい。本日入荷したばかりです。只今、お持ちしますね」

私は営業スマイルの中、そのTシャツを置いた場所へ向かう。今、自分が出したばかりの商品だ。

(早速、人気が出そうな予感)

ワクワクしながら、商品を広げてお客様に見せる。

「こちらの商品でしょうか？」

「そうそう、それ」

そのお客様の顔は、パッと輝いた。お洒落が好きな男性のようで、素直に嬉しかった。

私は、MサイズとLサイズをお見せした。

「ご試着なさいますか？」

「いや、いいです。Lサイズ下さい」

「かしこまりました」

一応両方、手に持ち、レジへ向かう。この店のルールとして、お客様の前で商品を元の位置に戻してはいけない決まりだ。この方は、痩軀だからMサイズでもいいと思ったが、ゆったりしたほうが好きなのだろう。

イケメンの男性客は、紳士ブランドの紺色の二つ折り財布を出した。中から五千円を差し出す。お札を入れる中身は、ベージュと赤のチェックだった。流石、小物まで洒落ていると感心した。

「素敵なお財布をお持ちですね」

私は率直に言う。お客様の手持ちのものを褒めるのは、良いこととされている。

「あぁ、ありがとうございます。彼女からのプレゼントで」

「そうなんですねー、センスがいい彼女さんですね」

良い彼女をお持ちだ。彼女持ちと聞いて、少しガッカリしたのも事実。でも、こんな素敵な男性だから、彼女位いるだろう。

私は料金を受け取り、おつりを返した。

「ありがとうございました」

最後に頭を下げて、お見送り。リア充な感じの男性で羨ましい。

「あの人、神戸在住の人気読者モデルの、今井《いまい》武《たけし》ですよ。男からも、女からも人気があって。イケメンリア充男子って感じっすね」

スッと、というよりは、西野君はヌッと出てきて私の隣に立つ。彼もおそらくは羨ましいのだろう。私の心中と同じことを言う。

「え？　読者モデル？」

ついつい頓狂な声が出てしまった。納得した。だからあんなに整った容姿なんだ。あんなに恰好良い人は、もう読者モデルやモデルになるしか、ないのだろう。

「へぇ、メンズ雑誌の。リア充か。ええなぁ」

再び、心から羨ましく感じた。この仕事をしていると、出会いなんてない。職場恋愛をするのは嫌だった。西野君も、河合さんも、失礼ながら彼氏としてはゴメンだ。

二人共、容姿は悪くないけれど、河合さんは理由は分からないが、恋人向きじゃないし、西野君は、こんな性格だから付き合う気にはなれない。向こうも同じ気持ちだろうけど。

それに、私はこの仕事でせいいっぱい。恋をする余裕はない。今は大好きな洋服と触れられて、幸せだ。職場の人間関係はよくはないかもしれないけれど、この仕事は嫌いではないから。

2

河合さんも実は苦手だ。彼はサブリーダーという役割だが、頼りない。所謂、店長とスタッフの間のつなぎの役割をする。店長からの伝達などをスタッフに分かりやすく伝え、スタッフが直接、店長に言いづらい問題や意見など、重要な点をスタッフに代わり、店長に伝える役だ。

しかし彼は役に立たない。彼自身も店長を嫌っており、店長に近づこうとしないし、店長も河合さんを頼っていない。店長は言いたいことがあれば直接私達に言うし、この店にはサブリーダーという存在は、必要ないのだろう。

私は女子力を向上させるために、この仕事を頑張っていると言っても過言ではない。この仕事はとにかく、洋服やお洒落が好きじゃないと出来ない。

「すみませーん」

次に声をかけてきたのは、ホットパンツと、派手な花柄のTシャツを着て、ソバージュヘアで濃いメイクのギャル系の女性客。

「はい、いらっしゃいませ」

私は笑顔で基本姿勢で頭を下げた。

「赤いバケツ型のショルダーバッグが欲しいんです。先々月『RD』って雑誌に出てたやつなんですけど」

年は私と同じ年くらいかなと思われる女性が、少し遠慮がちに尋ねて来た。

「あ、はい。少々お待ちくださいね」

私はペコリと頭を下げた。店頭には出ていないから、私に聞いてきたのだろう。在庫を確認しに、バックヤードへ引っ込む。

(RD……。RD……)

『RD』は、女子大生から二十代前半向けの、少しギャル系ファッション雑誌。なんとかの雑誌に載っていたと言われても、雑誌掲載商品はたくさんあるため、分からなくなることはよくある。

しかもバックナンバーの雑誌に掲載されていたとなると、尚更だ。

「ええと、バッグ、バッグ、バケツ型のバッグ……」

在庫の棚にある、バッグのコーナーを探す。これも半年、一年経過しても売れなかったら、アウトレット行きだ。

そんな中、棚の端に赤いバケツ型のバッグを見つけた。

(あ、これこれ！)

やっと発見し、宝を見つけたように嬉しかった。情熱色の赤。モノトーンの色を着た際に、持ちたい色だ。黒やグレーが好きな人は、こういう色のバッグを手に持つといいだろう。色合い的に、夏にはちょっと向かない色かもしれないけれど、コーディネート次第。夏でも白い服に赤いバッグも似合う。

商品を持ち、店頭に戻る。

「お待たせ致しました。こちらの商品でしょうか？」

ちょっと小ぶりのバケツ型。財布や小物を出し入れする入り口の部分は、巾着の形になっている。

「そうそう！　これ」

安堵と嬉しさの表情が、お客様の顔に表れている。求めていた商品を見つけた時の女性の嬉々とした顔を見ると、こちらとしてもまた一つ、お客様から元気をもらう。

「ありがとうございます」

私は早速レジへ向かう。春物商品だったので、値段は半額になっていた。彼女はそれを知らなったようだ。

「半額？」

嬉しそうに静かにギャル系の女の子の顔が、輝く。

「はい、そうなんです。春物商品だったので」

私は続けて値段を告げた。二千五百円。お買い得価格だ。

そして女性のお客様に好評の、淡いミント色の紙袋に商品を入れた。袋のサイズは一応四種類あり、二番目に大きな袋に入れる。

やはり、真ん中の柑橘系のフルーツの可愛らしいイラストが、女性から相変わらず好評だ。実はこのショップ袋は、フリマサイトでも売られていたりする。

「この袋も、めっちゃかわいい」

心を弾ませながら、発せられた関西弁。たとえショップ袋でも褒めてもらえたら、嬉しいものだ。彼女は外見はギャル系だけど、性格は素直で可愛らしい。こういう女の子、実は大好きだ。

「ありがとうございます。私も好きなんです」と、本心を言う。私もこのショップ袋を好きなのは、事実だ。このミント色といい、柑橘の輪切りが可愛いから。

3

昼休み。

このビルの上にある、他の会社も兼用の社員食堂で昼食を摂る。割と広めの社食で、景色も良い。テーブルや椅子は年季が入っているものの、神戸の高層ビル群や海も眺めることが出来、海に浮かぶ船も見える。

時計の針は、十四時を示していた。社員食堂のメニューはこの時間、ほぼ売り切れ。だから大体、自家製お弁当を持参している。タマゴ焼きとウインナー、レトルトのポテトサラダを入れただけの、簡単なお弁当だ。

この時間休憩している人は、あまりいない。他の会社の社員が二〜三人。そして西野君と私。それ位なものだ。西野君とランチというのも、微妙だけれど仕方がない。店長と一緒にランチを摂るよりは、マシだ。

「沢野さんまた店長に怒られてましたよ」

西野君も、自家製おにぎりを広げた。多分、お母さんの手作りなのだろう。西野君が作ったとは、考えにくい。お母さんのおにぎりなんて、羨ましい。

「そうか……。可哀想やなぁ……」

私は沢野さんが、辞めるんじゃないかと心配した。私も怒鳴られるけれど、沢野さんよりは怒鳴られる頻度は少ない。

「もう、店長、怒鳴るんやめてほしいなぁ……。何人人減らしたら気がすむねん……」

思わず愚痴が漏れる。その度新人が入って来て、仕事を教え直すのもまた、大変なのだから。

頼むから、人を辞めさせるように仕向けるのは、勘弁してほしい。店長だって、また一から仕事を新人に教えるのは、大変だろう。先のことまで考えられないのだろうか。私達のことも考えてほしいものだ。

「けどこの業界って結構、気、強い人多いですね」

西野君まで、頬杖をつきながら愚痴を漏らす。きっと彼も私と同じことを思っているだろう。

「女が多い職場って、そんなもんやって」

介護や看護師の世界だってそう聞いたことがあるし、職場の人間関係だけは、数学を解くよりも難しく、分かち合えないことも多い。そんなものだ。

「女って怖いな」

そう言いながら西野君は、サラダをパクパクと平らげる。

(私も女だけど……)

食堂の時計を確認する。休憩は一時間とっていいことにはなっているが実際はそんなに取れない。私はお弁当箱を、ディズニープリンセスのピンクの巾着にしまった。

「そろそろ戻ろう」

立ち上がり、椅子を引く。それに続くように西野君も「そうっすね」と同調しつつ立ち上がり、椅子を引いた。

多分西野君は、そんなに洋服に興味がない。この洋服が好きとか、そんな話をあまり聞いたことがない。私のように殊更に洋服が好きと言う訳ではないことは、何となく強く伝わる。

なのに、なぜ洋服のショップ店員になったのだろう。結構色々買わされるし、お金は貯まらない。私もお金は貯まらないけれど、洋服が大好きでお洒落が好きだから、続いている。

転職癖がある西野君だが彼にとっては今までの中で、一番やりやすい仕事らしい。

（このまま、この仕事して生きていくつもり？）

ショップ店員のバイトは、結婚しても女の人を養っていけないよー、と突っ込みたいのはやまやまだが、余計なお世話だ。私の出る幕ではないから言わない。でも運よく社員になれれば、別だ。

売り場へ戻ると、店長が気難しそうな顔をしていた。その顔を見るだけで、気詰まりしそうだった。

お店の中にお客様はいない。レジでファイルを見つつ、顔を曇らせていた。

「あの、どうしたんです？」

話しかけたくなかったけれど、話しかけた。ただでさえ気難しそうな店長が、更に気難しそうな顔で立っているからついつい、声をかけた。

「あの、Tシャツ、完売したねん。最初から数は入って来てなかったんやけど、また発注せな、あかん」

「えぇっ？」

私と西野君の声がハモる。大変おめでたいことだ。

「やりましたね！」

西野君が言う横で、私も、うんうん。と頷いていた。しかし、店長は顔色を変えなかった。

一体どうしたと言うのだろう。

私は小首を傾げながら、目の前に置かれているアクセサリーの検品作業を行った。お客様が途切れた時に、時間があれば検品作業を行うこともある。

「考えが浅いで。転売されとる可能性だってあるやろ」

検品を行う私の隣で、不機嫌な顔で眉に皺を刻む店長。

私は「あ」とついつい、意表をつかれた。

確かに言われてみればそうだ。転売……。そういうことだってあり得る。悪いことをしている訳ではないけれど買い占めて、ネットで売られると、こちらとしては少し不快を感じる。

一度袖を通した商品を、サイズが合わなかった、体に合わなかったから仕方なくネットで売るのなら仕方ないと思うけれど、最初から転売目的で売られると、ここの店の洋服が大好きな私としては、辛い。

それはきっと、店長も同じだ。店長はこんな性格だけど、ここの会社の製品を心から愛しているから。

西野君は短く真顔で小さく「ふーん」と鼻を鳴らし、その場をやり過ごそうとしている。やっぱり彼は、洋服が好きという訳ではなさそうだ。あまり悔しそうではない。けれども多少空気を読めるようになったのかもしれない。

前なら「別にいいじゃないっすか」と言っていただろうけれど、今回は言わなかった。話題が変わるのを、ジッと待っているように見える。

そんな時、三十代半ば位の男性が入店し、我に返る。背はそんなに高くなく平凡な顔立ちだった。けれども何と言えばいいのだろう。腕時計がブルガリだったり靴がグッチだったり等、小物類は優雅さが漂う。

洋服は大型量販店で購入したかと思われる、緑のチェックのシャツとジーンズ。決して悪くない色合いとコーディネートだった。

「いらっしゃいませ」

三人揃って、営業用のスマイルになっていた。

その男性はこちらに視線を向けた後、数々の商品に視線を転じ、ハンガーにかけられている商品を手に取る。そして手に取ったのは深いグリーンのTシャツ。

緑が好きなのだろう。そして何かを探しているように見えた。

そして紺色のデニムを手に持ち、試着をしたいと、こちらへ寄ってきた。

「試着室までご案内いたしますね」

私は笑顔で対応し、奥へある試着室へ誘導した。

「あの……」

「はい？」

「もう一つ欲しいのがあるのですが、カラーブロックのTシャツはないでしょうか？」

その質問に驚きを覚えた。思ったよりも、あの商品は人気だった。

「申し訳ありません。只今、在庫がなくてですね、お取り寄せになります」

私はやや深めに頭を下げ、謝罪した。

「そうでしたか」

その男性の眉は下がった。ガッカリしたのだろう。まさかあのカラーブロックのTシャツがそんなに、人の心を釘付けにするものとは。

「雑誌をご覧になって、当店にご来店頂きましたか。申し訳ありません」

私は言葉を選びながら、謝りつつ、問う。

「いいえ、先ほど、インスタで今井武が、その服を着たのをアップしてて、いいなぁと、思ったものですから」

「えっ！」

思わず目を、パチクリさせる。今日、来店したばかりの今井武が、早速インスタにアップしてくれているとは……。

「お時間、一週間前後頂くことになると思いますが、お取り寄せ致しましょうか？」

私はそう言ってから、試着室のカーテンを開けた。

「じゃぁ、お願いします」

躊躇しながらも男性は小さく、頭を下げる。時間がかかること、そして、今すぐ手に入らないことに戸惑いを感じてはいるが、きっと欲しいのだろう。

「ごゆっくりどうぞ。ご試着終わりましたら、お声をかけて下さい。失礼します」

私はそう言って、カーテンを閉めた。

ブランドの店によっては試着室のカーテンが開かれるまで、店員が外で待つスタイルのところもあるが、うちの店はそういうことは一切しない。外で店員に待たれてはゆっくり試着出来ないだろうから。

暫くして、先ほどのお客様が試着室から出て来た。この時に、お声かけをする。

「お疲れ様です。いかがでしたか？」

「これ、買います」

「かしこまりました。レジへどうぞ」

私はレジへ誘導した。

そしてカラーブロックのTシャツの注文の予約票を書いてから、お会計をする。

「そんなに、人気なんです？」

そのお客様は不思議そうに、首を傾げながら尋ねた。

「そうなんですよ。雑誌に載っていたので、思ったより好評で。今井武さんも購入されて、インスタでアップしたから早速、火がついたかもしれませんね」

私が説明している横で、隣のレジに立った薄い黄色のワンピースを着た女性客も、先ほどのカラーブロックTシャツを購入したいが売っていないのかと、店長に申し出ていた。

雑誌に掲載されたから、というよりも、人気読者モデルの、今井武が購入しインスタでアップしたからだろう。

(うーん、凄いな)

再び、あまりの人気に驚きを覚えた。雑誌掲載商品はいつだって店頭にあるけれど、数はあまり入って来ていないとはいえ、こんなに売れたのは初めてだったから。

4

今更ながら私の趣味は、何と言ってもパティスリー巡り。その日、私は帰りに明石の駅を降りてから、パティスリーへ向かった。明石にもお気に入りのおいしい店がある。あと一時間で閉店だったため、ショーケースの中のケーキはほぼ、売り切れており、シュークリームとプリンのみが残っていた。

レジでシュークリームと紅茶を注文し、イートインスペースで食べながら、コンビニで買ったばかりの例の男性用ファッション雑誌を広げた。

ガラス張りのウインドウの向こうは、帰宅する人の群れが颯爽と歩いて行く。ここに腰かけてお茶をしている私は優雅に見えるかもしれないが、違う。仕事帰りにパティスリーに寄ってお茶。なんて聞こえがよくて、リア充に見えそうなものだけど、それも違う。疲れすぎて、今は脳が甘い物を欲しているのだ。

広めの店内は開放感があり、気持ちいい。イートインスペースには、白いテーブル席が三つ。お客さんは私を含め、二人しかいなかった。隣のテーブルには女子大生らしき女の子がケーキを食べながら、スマホをいじっていた。

生クリームが入っていない、カスタードクリームがぎっしり詰まったシュークリームは甘すぎず、柔らかな味で濃くて舌がとろける。このまま飲み込んでしまいそうな位のおいしさ。表面は少し焦げ目がついているのも、少しお洒落だった。

外の陽は落ちているけれど店内は明るく、赤茶色の壁がまた洒落ていて、お陰で落ち着いて食べられるのも良い。

アールグレイを飲みながら、今日の出来事を思い出す。

(人気読者モデル効果凄いなぁ)

あのTシャツどれ位、売れるだろうか。有名な読者モデルと話せたことが嬉しくて、少しその余韻に浸りながら紅茶を飲んだ。

芳醇で爽やかな味が、口の中に広がる。レモンティーにすればよかったと思いつつ、ぼんやりそのページを眺めた。最後にアールグレイを飲み干すと、トレイを返却口へ戻し、外へ出た。


翌日の夜は、棚卸。そのため、一時間早く閉店した。

きっとこの作業は、アパレル店員は皆、嫌いだろう。本日は全スタッフで行う。

うちのスタッフは交代制勤務だが、学生アルバイトにも出勤してもらった。早番と遅番だと、遅番を中心に入りたいのはやはり、学生アルバイトの子達だ。この人達のお陰で助かることもしばしば。

私は遅番が苦手で、早番を中心に入ることが多い。帰りが遅くなると列車が混雑するのも理由ではあるが、基本的に朝方人間なので早番のほうがありがたかった。

閉店前に、届いたパッキンを開けた時だった。

「早速ブロックTシャツ入荷したんや」

あまりの速さに驚いたけれど、店長が素早く対応してくれたからだろう。性格は何だけど、店長は仕事が早い人だ。今日入荷した商品を含め、在庫を数える。私はメンズ物のトップスを数えることになった。

店長は帳簿の計算ミスや、パソコン上の入力ミスがないか念入りにしっかりと交互に見ながら、チェックをしていた。よくある間違い箇所の、レジの打ち間違いや納返品の伝票の入力漏れや入力ミスなどを念入りにチェック。

一方私は自分の目で店内の売り場にある、在庫からチェックして行く。ベージュ色のTシャツ、ポロシャツ。

メンズ物だから、華やかな色は勿論ない。ダーク系の色が多い。それをタブレットPCに品番、サイズ、カラーの色を入力していく。

後はバックにある在庫の商品をチェック。西野君はレディース物のスカートを担当した。

「うっわ。スカートだけでこんなにあるんや」

うんざりしながら、たくさんのハンガーにかけられているカラフルな色のスカートの数を、数えていた。

あまりうちは、在庫量が多い店舗ではない。商品の見落としは多分少ないほうではあると思う。帳簿上の在庫金額と照らし合わせる。大体、ここで金額が合わない部分が出てくるのだが、今回それがなかった。奇跡に近い。

多分これは、店長がしっかりしている証拠だろう。時計の針は0時前を示していた。

「よし今日はここまで。みんな、お疲れさん」

店長は疲れた顔で頭を下げた。店長の今日の服装は、ビビッドオレンジのスカートに黒と白のチェックのカットソー。

色合い的にも細身の店長にとても似合っていた。オレンジ色は、実はなかなか売れない。目立つ色だから。一般の人は買わないかもしれない。でも元気をくれる色だ。

終電にならなくてよかった。この時間になると、JR神戸線は少し空いている。疲れた足は、パンパンにむくんでいた。もう歩けないと思った程。

幸い、列車の中は空いていたため、座ることが出来た。有難い。このまま眠ってしまいそうな程、目はとろけていた。

いつも棚卸の時は、こうなる。納返品作業もストックの管理もなかなかハードである。ボディに自分がコーディネートした服がお客様の目に留まり、あの服が欲しいと言われた時はやっぱり嬉しいし、頑張ろうという気持ちになるのだ。そんなことを悶々と考えていると、新快速は明石に到着した。

深夜零時を回った明石駅周辺は、閑散としていた。そんな中、自転車を走らせる。やや生ぬるいが、夜風が気持ち良い。コンビニや全国チェーンの寿司店、ファミレスから漏れてくる白い光を頼りに、自宅へ向かった。

5

後日、あのTシャツが再び店頭に大量に届いた。私も欲しくて注文しており、私の注文分もあった。女性でも着られそうなデザインだったから。モノトーンは、実は嫌いじゃない。

あのTシャツに、前ボタンのデニムのタイトスカートが合う気がした。

早速それを開店前に、着用してみた。

「あ、ええやん！」

店長から滅多にない、お褒めの言葉を頂いた。

黒、グレー、白という色合いに濃紺のデニムで決める。カジュアルテイストの出来上がり。

「よし、それ、早速、ブログにアップするから、外に出て撮影してき！」

相変わらずの上から目線で、店長は私に指示する。

「ほら、西野君、お願いな」

店長は、彼にデジカメを押しつけた。

外へ出ると、空気に夏の香りが含まれていた。頭上の太陽は、最近は日に日に高くなっていく。南から吹く風が肌に当たり、心地よさを感じた。街路樹の緑がピカピカで美しい。

撮影場所は、本日定休日の大きなウインドウの、ガラス張りのカフェの前。

今、流行の外観だった。白いブラインドが下ろされていて撮影するには、絶好の場所だった。

「じゃぁ、撮りますよ」

西野君はどこか気怠そうに、カメラを持つ。やる気なさそう。私は手を後ろに組み、カメラ目線で微笑んだ。

「はい、チーズ」

心がこもっていない声。一体、何なんだ。まぁ良いか。

二人で無言で店内に戻ると、店長は早速それをブログにアップした。

その日の夕方のことだった。

リネンの、薄い焦げ茶のワンピースを着たショートカットの女性が来店された。左手の薬指には、結婚指輪が食い込んでいた。見た目、五十代前半かと思われる。

「あの、ブログに載っていたTシャツありますか？」

意外な台詞に、私も店長も驚きを覚えた。今、私が着ているTシャツを指さし「それそれ」と、笑みを浮かべながら言う。

「はい、本日たくさん入荷しております」

私はメンズコーナーへ、彼女を案内した。

「あぁ、それ、メンズ商品なん？」

意外そうに、そのお客様は驚いた顔をした。

「さようでございます。他のお店にも似たようなデザインの洋服はございますが、多少当店の商品は値段が高い分、生地はしっかりしていますので、長く着て頂けるかと思います」

私は店長が、他の大型量販店にないメリットを説明するように言っていたことを思い出し、アピールした。生地が丈夫。これは間違いない。

「あぁ、やっぱりそうやな、うん！」

彼女は納得したように頷いた後、MサイズとLサイズの商品を見せられると、Mサイズのほうを手に取り、試着もせずにレジへ向かった。

その日、一人の女性客が私が着ていたこの服を見て、来店された。一人は若い女性、一人はご年配の女性だ。

今日は、私が着用したブログの写真を見て、店頭に来られたお客様ばかりだった。ブログは、日本全国に住んでいる人が、見ている。他の県でも、私が着た写真を見た人が、オンラインショップで購入して下さったようだ。

それを聞いた私は、何とも言えない嬉しさがこみ上げ、もっと頑張ろうという原動力に繋がった。

Apparel Girl Chooses Your Clothes

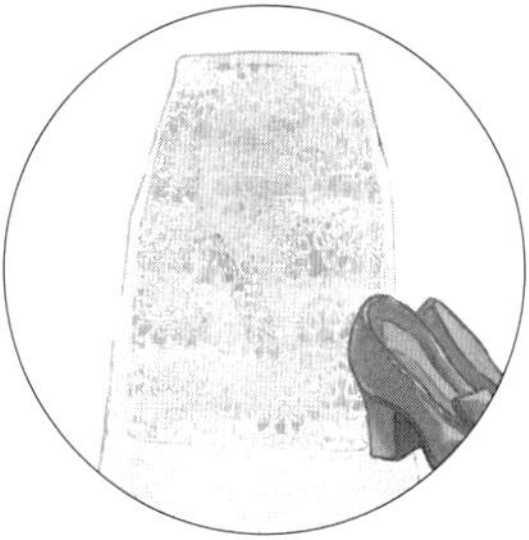

レース タイトスカート

Lace tight skirt

1

夜明けが日に日に早くなり、暑さが増して来た。夏の到来だ。店内にも冷房がつきはじめた。少しでも涼しく見せようと、ボディも青や白の色を使った洋服を中心に店内は、爽やかな色で埋め尽くされた。更に籠バッグを持たせると、夏らしさが強調された。

そんな中、エリアマネージャーが開店前に訪れた。店長が呼ばれ、深刻な話をしていた。何事かと私も心配した程だ。エリアマネージャーは三十代前半の男性。訪れた時はロクなことがない。いちいち小言を言って去って行くのだから、胃がキリキリすることがある。

エリアマネージャーが去った後、店長の顔が満面の笑みになった。予想と違う反応に驚きを隠せなかった。

「どうかしたんですか？」

「うちの店舗だけやったんやて。この前、棚卸でミスがなかったの」

どこか勝ち誇った笑みで嬉しそうだった。

「へぇ！　そうでしたか」

それは凄いと更に驚きを隠せなかった。他のスタッフも「えぇっ⁉」と、どよめいた程だ。

店長はこんな風に怖いけれど、やっぱり仕事が出来、算術に長ける人だ。

間違いを早く見つけるため、毎日細かく計算していたから。基本中の基本だけど、店長は小さなミスも決して逃さない。

私達へのきつい叱りや、この人に罵《ののし》られる度に心がえぐられるが、仕事が出来る人だということは、改めて充分理解した。悔しいけれど、それは認めなければならない。

今日の店長のファッションは、二年位前から人気のレースタイトスカート。

色は薄いグリーンだ。それに、シンプルなV字の白いカットソー。夏スタイルでもあるし、キレカジ系を越して、フェミニンというべきか、コンサバというべきか。

例えるなら、『女子アナ』のよう。このレースタイトスカートは、現在進行形で爆発的な人気となっている。ファッション雑誌でも他のメーカーのレースタイトスカートが取り上げられ、色んな年代の女性から、大きな支持を得ている。

実は私はまだ、穿いたことがない。少し甘めテイストのタイトスカートは苦手だった。綺麗な商品ではあるが。

理由は自分でも分からない。けれどもそろそろ、仕事用に、いや『制服』として穿かなくてはいけないかも。

「岡田さんは、買わへんの？」

店長にとうとう指摘され、私は「え？」と聞き返す。

「このスカートや。めっちゃ人気商品。大量入荷しとるから、完売するまでまだまだ時間はあるで」

「あ、そうですよね」

店長は自分の穿いている、レースタイトスカートを指さした。

そろそろ買わないと、まずいかな。一枚五千円のレースタイトスカート。二千五百円で買えるけれど……。

バックに入り、在庫を確認する。レースのタイトスカートは、ブルー、薄いグリーン、白、三色があった。

在庫は充分あり、各色につき十枚はストックがあった。

(何色買おうかなぁ)

店長が薄いグリーンを選んだから私は、ブルーを買おうと決めた。

(トップスは何にしよう？)

そんなことをぼんやり考えて居ると「これにするか？」と店長はベージュ色のフリル

スリーブのカットソーをパッキンから取り出し、私に見せた。新商品だ。袖全体が程よいフリルになっており、甘すぎない感じがまたいい。

「はい、それにします……」

私は言われるがままに、そのトップスを選んだ。千九百八十円の商品。約千円で購入出来る。

「じゃぁ、これとこれ着て、今日、店頭に立ってくれる？　これブログにアップするから。あんた、うちの看板娘みたいやな」

店長はせわしくまくし立てながら、私に促す。この前のカラーブロックTシャツで、好評を頂いたようだ。私は言われたとおり、フリルスリーブのベージュ色のカットソーを着てから、ブルーのレースタイトスカートを穿いた。

「じゃ、西野君、また撮影係して」

店長は、西野君にデジカメを渡した。大体は、彼が撮影係になっている。

仕方なく、一緒に外へ出る。

西野君が「岡田さん」とほそぼそと声を殺しながら話しかけてきた。

「何？」

「店長、優しくなりましたよね？」

「そう？」

そうだろうか。あの人は気分屋だから。いや、でもいつもより少しテンションはハイかもしれない。

「彼氏でも、出来たんちゃいますかね」

「そうかなぁ。うちだけが棚卸でミスがなくて嬉しいだけちゃうんかなぁ」

正直、店長に彼氏が出来ようか、出来まいがどうでもいい。私は店長のプライベートに興味がない。

でも彼氏が出来たのなら、それはそれで喜ばしいことだ。恋は女を変えると思うから。しかし、店長のあの、きっつい性格。もし彼氏が出来たとしたら、あの店長のきつさについていけるのだろうか。いやいや、私には関係がないからいいか。

ビルの自動ドアを出て外へ出ると、急にムッとした暑さに包まれた。生ぬるいような暑さだ。梅雨の時期はこうだから、嫌い。空は灰色に覆われ、湿気が空気に充満していた。

この時期、雨が降らない日は既に真夏みたいな日もある。少し汗が滲み出て、不快感を体で、感じた。

「あ、早いこと、撮影して、中へ入っちゃいましょう」

彼もきっと、暑くてたまらないと思ったに違いない。ビルの壁の前に私は、新作の丸い籠バッグを持ってさりげなく立った。

「はい、撮りますよ。はい、チーズ」

西野君が声をかける。この前よりは、やりやすかった。ブルーのこのスカートは今の時期にピッタリかもしれない。涼し気に見えるから。

「もう一枚撮りますね」

そう言われ私は、今度は右向きから左向きに、少しポーズを変えた。そして、シャッターを切る音が響いた。

雲間から少し光が差し、暑さが増した気がした。

西野君は「早く入りましょうか。暑いですね」と声をかけて来た。彼は相当な暑がりだ。額からやや、汗が滲み出ていた。店に入るなり早速、彼は店長にデジカメを渡す。

「へぇ、よく撮れとるやん。早速これ、ブログにアップやな」

店長はデジカメをいじりながら、張り切った声を出す。確かにいつもとテンションが違う、か。活力に満ちたように見えた。

その横顔はやはり美しくてお姫様のようだ。いつもそんな風に、笑顔でいればいいのに。

パソコンにデータを取り込ませながら、写真を載せ、ブログの文章を書く店長。

『ミント・シトラス・アトレックス　神戸店
今、流行のスカートをご紹介したいと思います。ブルー色のレースタイトスカート。
夏らしくて良い色ですね。
ベージュのトップスともよく合います☆
スカートのお色は三色あります。是非、いらっしゃって下さい』

ありきたりな文章ではあるが、店長はパソコンにそう入力した上で私の写真を貼りつけ、ブログにアップした。

先ほどまで暑く、雲間から太陽が顔を出したかと思えば、突然空は曇りはじめた。天気の変化にもショップ店員は敏感になる。雨の日はショッパーにビニールをかけなければならない。

一応ビニールも用意した。雨がもし降り出したら客足は遠のく可能性だってある。天気が悪い日は、売れないことが多い。

開店三十分後に、やっと一人お客様がお見えになった。五十歳前後かと思われる女性だった。左手の薬指にはゴールドの指輪。何となくリッチそう。

その方が着用していた服は、薄いグレー色のシャツワンピース。それにベージュのパンツスタイル。シャツワンピースはうちの商品だ。ご婦人は真剣に洋服を物色していた。

「いらっしゃいませ」

私は愛想よく近づいて行ったが、露骨に嫌な顔をされてしまった。眉間にくっきり皺が出来ている。声をかけられたくないお客様もいることを忘れてはいけない。

少し距離を取り、アクセサリーの位置を直す。それでも彼女は、バッグとパンツを一着持って、レジへやってきてくれた。

「あ、雨」

彼女はレジの向こうの大きなウィンドウを見て困ったように、少したため息をついた。梅雨時期の空は気分屋だ。

「あら、本当ですね。では、カバーおかけしますね」

私はショップ袋にビニールのカバーをかけた。ご婦人はホッとしたようだ。商品がぬれると心配したのだろう。幸い彼女は、折り畳み傘を持っていた。

「ここのお店のショップ袋、可愛いですね」

そして、うちのショッパーを褒めて下さり、いつものように思わず嬉しくなる。

「ありがとうございます。本当、可愛いですよね。私も大好きなんです」

私は紙袋の中央部分のレモンの輪切りを見ながら言った。オレンジやレモンなどのビタミンカラーは、見ているだけで元気になれる色で好きだ。

「お待たせいたしました。またお待ちしています」

そういって頭を下げる。

そしてウインドウの外に視線を転じた。シトシトと、気怠い雨が降っている。今日の天気予報で、今日は雨だって言っていなかったのに、と思い出しながら。

2

その日は結局夕方まで雨だった。お陰で客足はいつもより少なかった。しかし十七時を回ると、会社帰りの若いＯＬや学生で混雑しだした。既婚者らしき女性は少なかった。既婚者の女性らはこの時間は早く帰宅し、夕飯の準備があるからだろう。

そんな中、あどけない顔の女の子を見つけた。年齢は十代後半。私とそんなに年は変わらない。高校生だろうか。まっすぐストレートのサラサラヘアのセミロングに、幼い顔立ち。小さな口に細い目。無地の白い台形型のスカートに、ロイヤルブルーのトップス。

服装もシンプルに清楚に統一している。ネイルはしっかりしていた。薄いピンクパール色のネイル。私もこの前つけたっけ。

「いらっしゃいませ」

声をかけるとその女の子はなぜか驚愕の目になった。何をそんなに、驚いているのだろうか。

「あの」

女の子は緊張を伴う声を発した。

「そ、そのスカートっていくらですか？」

「あぁ、これですね。こちらの商品は五千円になります」

私が笑顔で回答すると彼女は「そうですかぁ」と、沈んだ顔になる。多分予算が足りないのだろう。

あどけない顔のこの女の子、多分年齢は十八位かなと、予想した。もし、高校生だとしたら、多分五千円という値段は高額だろう。

「あの……。お薦めのアクセサリーってありますか？」

彼女は躊躇《ためら》いがちに尋ねて来た。ちょっと嬉しい。おそらく彼女は、うちの店の商品が好きなのだ。何か一つ、買いたいのだろう。アクセサリーなら何とか、お気軽な値段で買うことが出来るから。

「そうですねー」

私は、シルバーの鎖にピンク色の石が入っているペンダントを見つけた。お値段、千五百円。これなら多分、買えるかもしれない。

「こちらなど、いかがでしょう？」

私は手に取り、見せた。

「あの、じゃぁ、それ下さい」

ごもごもと、しどろもどろになりながらも俯きながら言う彼女が可愛く思えた。凄く内気なのだろう。そんな彼女がうちの店に足を運んでくれて、商品をお買い上げ下さって素直に嬉しく思う。

「ありがとうございます。またお待ちしてますね」

一番小さなSサイズのショップ袋に商品を入れて、手渡すと彼女の顔はまた更に、パッと輝いた。瞳に輝きが見える。

彼女は「ありがとうございます」と最後に元気な挨拶をして、店頭を去った。

「あの子なぁ」

ぬっと私の背後で声が聞こえ、私は心臓が跳ねた。店長の声だった。凄く近い距離にいた。

「な、何ですか？　店長……」

「うん、あんたがこの前、休みの時も、うちの店舗に来たねんなぁ」

私の肩に手を置きながら、怪訝そうに言う。

「へぇ、そうでしたか」

「で、マネキンが着とる、レースのタイトスカート見て、うっとりしとったんや」

やはり、このレースのタイトスカートが欲しいのだろう。ただ予算が足りなかったというだけだ。

「そうなんですか」

「うん、で、店ン中キョロキョロ、商品を物色しとったけど特に何も買わんと帰っていった。見た感じ、多分高校生位なんやろなぁ」

彼女も私と同じ意見だった。

それは私も思う。うちの店の客の年齢層は、二十代以降が多いからだ。十代の子が着るには、大人っぽすぎる気がする。

「うーん。でも、少し背伸びしたい子なんかもな」

店長は腕を組みながら少し、首を傾げた。

そう言われてみれば、白の台形型のスカートにロイヤルブルーのカットソーは、シンプルだけど大人っぽくも見えた気がする。組み合わせも上手いなと、思った程だ。

「若い子にしては、シンプルなお洒落を目指しとるかもしれへん」

そういうのはありだろうと、店長の意見に私も頷いた時に、西野君が新商品のメンズ用パンツを手に持ちながら近づいて来た。

「もしかしたら、あの子、岡田さん目当てなんちゃいます？」

その言葉に一同「え？」と声がハモる。

私が目当てとはどういうことだろう。店長が言うには、私がブログに載るとアクセス数が増えるというのだ。

「多分、うちのスタッフの中やったら、あんたが一番人気なんやと思うわ」

「えっ、そうでしょうか……」

私は首を傾げた。なぜ私なんかが、人気なのだろう。

「あ、なんかわかります。一番可愛いっていうか。あのカラーブロックのTシャツの件で、人気でしたよね」

西野君はサラッと言うが、私は青ざめた。店長は気を悪くしないだろうか。店長だって沢野さんだって、普通の女性よりは充分、綺麗だ。

アパレルのスタッフはバイトでも採用条件の基準は、とりあえず容姿を第一に見る。メーカーによって顔は特別な美女じゃなくても良いが、スタイルを優先する会社もあるし、会社によってまちまちだ。

(西野君のその言い方、危なくない?)

私はドキドキしながら、店長と西野君を交互に見た。西野君に『空気読みなさいよ』と、眉をしかめながらアイコンタクトを送る。やはりこの人は、少しまだ空気が読めないところもある。

「うん、そうかも」

店長は意外な言葉を発した。素直に認めた。

しかし、真顔。西野君の発言を快く思っていないのは確かだろう。

意外なことに、店長はそのことについて突っ込んでこなかった。

「まぁ、それより、はよ、仕事してな」

クルリと店長は踵《きびす》を返し、スタスタと歩いていく。

伝票をレジ横でチェックしながら、お客様が入店すると笑顔で「いらっしゃいませ」と対応する店長。

それを態度に見せず、切り替えられるところがまた、凄い。

そしてお客様に声をかけた後は、またレジ横へ戻り伝票の確認を行っていた。

いつもの店長だけど、何かが違う。

最近は美しさに磨きがかかった気がする。西野君の言うとおり、良い人が出来たのかも。

さて、私も気持ちを切り替え、入店されたお客様に「いらっしゃいませ」と笑顔で挨拶をした。

3

その日の夕方。仕事が終わってから、三ノ宮駅の近くのチェーン店のカフェに西野君をよびつけた。これはちゃんと注意しないと。

本来ならあの時、直後に注意するべきだったが、お客様の対応に追われてんやわんやだったため、この時間になった。この時間、三ノ宮駅周辺も混雑する。会社帰りのＯＬやサラリーマンが多い。ピークは十八時から二十一時だ。

その日のカフェは割と空いていた。私は、ミックスジュースをチョイス。

イチゴと桃とバナナのジュースだ。ストローをすすると、イチゴの酸味の後に、桃とバナナの自然な甘みが来る。ミルクと啜るとクリーミーな味わい。

西野君は、モンブランとアイスコーヒーを注文し、トレイに乗せて私の前に座った。

「あのさぁ……。店長の前でああいう言い方はまずいで」

「え？　何のことです？」

西野君は、きょとんとして気にせず、銀杏色のモンブランを小さなフォークで切り分けると、大きな口を開けて口の中へ入れる。相変わらず呑気だ。

「私が一番可愛いとか、そういうことな、側で聞いてた女の人は腹立つと思うんや。店長はそれ、突っ込まんかったけど。もう少し女心、理解したほうがええで。一応、レディース物も扱ってる店やし、女性の接客もするんやしさ」

言った後で、フルーツジュースをストローで吸う。分かってくれるだろうか。しかし西野君は反省する様子はない。

「そうっすかね？」

「そうや！」

「でも、少し本音で言うたんですけどね。だって岡田さん、俺の好みやし」

その言葉にジュースを噴きこぼしそうになった。何を考えているんだ、こいつは……。

申し訳ないが、私はごめんだ。

「そういうことあまり言ってると、女の子に嫌われるで。あんまりああいうこと言うたらあかんで。女性ものも扱ってるんやから、お客様にこの前みたいな失礼なこと、あんた、またサラッと言いそうやわ。デリケートな話には、慎重にならなあかん」

そう。私は例の『お総菜事件』のことを述べてみた。

すると西野君は肩を窄《すぼ》め「はい」と、しおらしい返事をし、ケーキを口に入れた。

その後は、仕事の話を何となくして、三ノ宮の駅で別れた。

4

翌日は苦手な遅番だった。でもローテーションで回って来るのだから仕方がない。早番のほうが多いが、遅番に当たった翌日は休日になるように、店長は組んでくれていた。休みは、銭湯か温泉にでも行って、むくんだ足をゆっくり休めたい位だ。

大量に届いた夏物商品を、検品している時だった。

「あの女の子、また来ましたね」

沢野さんは、私にこっそり耳打ちした。

店舗の入り口のところでマネキンが着た服をジッと物色している女の子がいた。入るのを躊躇っているように、見受けられる。

（あれ、あのスカート……）

レースのタイトスカートを穿いている。うちの商品ではなかった。ショッキングピンクの色だ。うちでは取り扱っていない色。

薄いベージュのカットソーとの色合いが、凄く似合っていた。

多分あれは、ファストファッションで売られているスカートだ。二千円前後と確か安かったっけ。そりゃ、あちらのほうに客は流れるよね、と、考えたら心が、もやつく。

仕方がない現実だった。

生地がいくらうちのほうが質がよくても、やはり同じようなデザインの商品があれば、ファストファッションのほうに流れてしまうのは、仕方がない現実。彼女はうちの製品ではなく、ファストファッションのほうの商品を選んだ。

少し、しょぼんと気持ちが沈んだ。

でも仮に私が今、高校生位の年で、お金がなかったら多分あの子のように同じデザインなら安いほうの洋服を選んでしまうだろう。

洋服は『ナマモノ』だ。来年、これがまた流行るとは限らない。もしかしたら流行遅れになっていて、着られないかもしれないから。客の立場で考えたら、安いほうを選ぶ彼女の気持ちだって理解出来た。そんな時だ。

「あのぅ」

彼女のほうから話しかけてきた。

「あ、はい？　いらっしゃいませ」

私はにっこり微笑み、ショップ店員らしい礼をする。営業的な礼と言っていいかもしれない。

「あの、春物のカットソーで、バーゲン品とかまだ売れ残っているのありますか？」

彼女はきっと、値段重視で賢く買い物をしたいのだろう。でもそんなお客様だって勿論大歓迎だ。

春物商品は今、大幅な割引となっているから。でも売れてしまい、店頭に残っていない商品もよくある。

「はい、ございますよ。こちらでございます」

私は笑顔で対応し、売り尽くしバーゲン品の洋服を置いている場所まで案内した。丸いポールハンガーにかけられた春物商品。

タグには大きく『五〇％オフ』と書かれている。

「あっ」

短く嬉々とした声を発した彼女に私は反応し、ついつい後ろを向いてしまった。彼女が手を伸ばしたトップスは、薄いカーキ色。そして、首元にほんの少し、小さなストーンがついている長袖のカットソーだ。

このトップスは春先に、私も購入しブログにアップしたことがあった。どんな色のボトムスにも合う色だと思う。

このカットソーについている、小さなストーンのようなキラキラ感が、彼女の虹彩に宿る。きっとこのトップスに一目惚れしたのだろう。

「こちらの商品、今もまだ、肌寒い日に着て頂くことが出来ます。秋の初めにも着ることが出来ますよ」

すると彼女の表情が、楽しそうで嬉々とした笑顔に変わる。

「あと、お薦め商品がありまして」

私は一点だけ、売れ残っていた春物のスカートを持ってきた。

三千円のスカートが半額になっていて、かなりお値打ち価格まで下がっていた。デニム生地の白いスカートだった。私が着ると、丈は膝上になる。大人の女性服のブランドの店員として、短めのスカートを店頭で着るのは、少し恥ずかしい。

レギンスを合わせると、着られるのだろうけれど。レギンスを合わせないのなら、少し短めの丈は若い女の子が似合う。

「例えばですね、こちらの商品の色のスカートと、このカーキ色のトップスはとても合います。流行り廃りもありませんし、季節の変わり目に最適かと思われます」

飽くまで押し売りにならないように、アドバイスする。このスカートは、サンプルとしてとっただけ。もしも、買って頂けるならラッキーだと、思いつつも。

お財布に優しい洋服を選んでいるようなので、彼女が買いやすい服を持ってきた。

「あ、これも試着します！」

迷わず、彼女は強気な声で嬉しそうに、発した。

「そのお洋服、とても可愛いですね」

ありきたりなセリフで申し訳ないと思いつつも、私は彼女の服装を褒めた。華やかなショッキングピンクは、若い彼女にとても似合っているから。

「えっ、本当ですか？」

彼女はまるで、好きな男の子に話しかけられたように、顔をぱっと輝かせた。顔が少し紅潮している。素直で純粋で少女らしい返答だった。

「はい。そのピンク、華やかで素敵です」

私は言いながら、試着室のカーテンを開け、トップスを彼女に渡した。

「ご試着終わりましたら、お声かけて下さいね」

私はそう言ってから、カーテンを閉めた。

レジ横では、店長がひょい、と、顔をのぞかせていた。少し私はギョッとしつつ、どうしましたか？　と尋ねる。

「あの子、やっぱりあんた目当てやな」

「はい？」

この前の西野君と同じセリフを吐く店長。

「だって、あんたあの服着とったやろ？　春先に」

「あ、はい……」

店長もカーキ色を買おうかと思っていたらしいが、私がカーキを選んだため、店長は無難な黒をチョイスしたのだった。

「あの子、あんたのファンなんやと思うわ」

店長は感慨深く頷く。『ファン』という言葉に違和感を感じた。私は読者モデルでもモデルでも、なんでもないのだから。

「あんた、カリスマ店員として雑誌なんかに載ったらさ、うちの店の商品売れるかもしれへんな」

耳打ちするように、こそっと店長は耳元に告げる。しかし、その告げた顔には、あんたが羨ましいと書いているような気がした。私は店長に羨ましがられるような人ではないのに。

「カリスマ店員とは違うと思いますけど……」

私はそこは否定する。それは違う気がしたから。

「あの、すみません」

その声で我に返った。先ほどの彼女の声だ。

「あ、はい。いかがでした？」

「これ、下さい。二つとも！」

即決だった。すでに意を決していたように思える。値札を確認する。二千円の半額だから、千円だ。スカートは千五百円。合計二千五百円。お値打ち価格だ。

彼女は賢い買い物をしてくれた。

「ありがとうございます」

私は商品を受け取り、バーコードを打ち込む。

彼女は長財布から、二千円五百円、ちょうどを取り出した。赤いサクランボの絵がついている、可愛らしい財布だった。

「サクランボの柄が、可愛いですね。お洒落！」

私は心の底から本音を発した。白生地に華奢なサクランボの赤の柄は、可愛らしい。

「えっ、本当ですか？」

心底、嬉しそうな顔をするこの子は、抜群にあか抜けて見えた。何て素敵な笑顔の子なんだろうと、思う。

お金を受け取り、商品をショッパーに入れてお渡しすると、彼女はまた、はじけそうな笑顔でお店を後にした。ああいう笑顔を浮かべられる女の子は、いいなと思う。男の子からも、女の子からも好かれるだろうから。

「やっぱり高校生ですかね……」

「んー、どうやろ。十七、八かな。十九位かもしれへん」

冷静な口調で私の肩越しで、店長は真面目な顔で言う。

店長はその意見を譲らなかった。彼女が何歳であろうと、私達にはあまり詮索する筋合いはないけれど……。

閉店時間、二十時。

店を閉めた後は、店内の掃除を行い、店長がレジ締めを行う。私達は店内の商品をもう一度綺麗に陳列する。

ニットやカットソーといった類のものは、お客様が広げたままの商品もあり、綺麗に畳み直す。これが結構大変だ。

明日は休みということで既に心は、休息モードに入っていたりもしたが、仕事中はこれではいけないと、密かに自分に喝を入れた。

(お腹空いたなぁ……。夕飯は帰っても何もないだろうから、ハンバーガーでも食べて帰ろうかな)

ビッグマックが食べたい、目玉焼きが挟んだ何とかってハンバーガーが食べたい、あ、プチパンケーキもデザートにつけたいな、などと思考を巡らせながら仕事をしていた時だ。

「お疲れさん。もう、みんな上がってええで」と店長が声をかけた。

その言葉に甘えさせてもらい、仕事を切り上げた。

その後、沢野さんと一緒にハンバーガーショップへ向かった。あまり彼女と外でご飯を食べたことがないので、彼女のほうから誘ってくれて嬉しかった。夜のハンバーガーショップは割と混雑していた。私と同じ年位の男女でごった返す。

それでも、二階に行くと席がちょうど空き、ラッキーだった。窓際の席へ座り、夜の三宮の街を眺める。皆、急ぎ足で駅へ向かっていく。

そんな光景を見ながらビッグマックにかぶりつき、ドリンクを啜っていた時「あっ」と沢野さんは声をあげる。

スマホを触っていた沢野さんは手の動きを、止めた。

「見て、これ」

沢野さんのスマホを持つ手を見ると、赤のネイルがはがれかけていた。このネイルもうちの商品だ。

「ん？　何なに？」

私は次に、プチパンケーキを頰張りながら、沢野さんから手渡されたスマホを手に取り、眺める。口の中に濃厚なミルクの味と、リンゴと練乳の味に似たクリームの味が広がった。おいしい。

「あっ」

沢野さんは、あの女の子のブログを拝見したようだ。

『6月〇〇日　〇曜日 今日は、三ノ宮にある、ミント・シトラス・アトレックスに行きました☆　私の憧れの店員さんがいました。凄く細くて、髪が長くて美人で。モデルさんみたい。今一番の憧れの人です。彼女が穿いていたスカートが欲しかったのですが、高くて買えず……。代わりに、R店で類似品のレースタイトスカートを購入しました。色はショッピングピンク。この夏、ヘビロテします！』

そんな文字の後に、ご自分の写真を掲載していた。可愛い赤リップの口紅に、綺麗なピンクと茶色の中間位の色のアイシャドウの色。色は薄め。

それがとても似合っていて可愛かった。メイクとしては、彼女のほうが上級者である。

「憧れの店員さんって私？」

私はプチパンケーキをプラスチックのフォークに刺したまま、口元で静止してしまった。

「他にいないんじゃないです？」

沢野さんは、微笑しながらてりやきバーガーにかぶりついていた。少し信じられなかった。しかし、これは現実だ。

（えー、憧れの店員さんって、私？　え？　なんで？）

たくさん、クエスチョンマークが脳裏に浮かんだ。

「店長の言うとった通り、あの子、やっぱり岡田さんのファンやったんやと思います」

沢野さんは、私より年上なのに敬語をいつも使う。

私のファンだから、コーディネートや身につけるものも、同じものを使いたかったという訳か。憧れのアイドルと同じことをしたいという、中高生の女の子と同じような心理なのだろう。

「西野君やないけど、岡田さん、あか抜けてますから」

沢野さんはシェイクを啜りながら、静かに微笑んだ。

(あか抜けてる、か)

複雑だけど、嬉しさでいっぱいになった。

「私のファン……。そんなん言われたん、初めてかも……」

「ううん。多分今までもいたんやと思いますよ。口に出さないだけで」

沢野さんの言葉に耳を傾けた。何となくショップ店員のファンになる、というのは私には、違和感がある。

「けど、私なんか、ただのショップ店員やのに……。ファンと言われてもイマイチ、ピンと来ないって言うか」

私は失笑を禁じえない。これはプラスと取るべきなのだろうか。私一人がいるだけで、商品が売れるのなら、嬉しいが。しかしそんな都合の良い話はない。

少し談笑した後、店を出た。

沢野さんとは帰る方向が違った。駅でさよならし、混雑した新快速に乗り込んだ。足はむくんで、パンパン。早く帰って眠りたい気持ちはいつもと変わらない。でもなぜだろう。心はいつものように空しくなかった。

むしろ嬉しかった。混雑した列車の中でぎゅうぎゅうになりながら、飛び跳ねたい気分だった。高揚している自分。こんな気持ち、初めてだ。

まるで恋が実ったような、不思議な感情。

高校生の時、同じ学校に好きな男の子はいたけれど、片思いで終わった。私の恋はそれっきり。

男の子と付き合ったことはないけれど、恋が実った時って、こういう感情なのだろう。甘くて楽しくてふわふわして。気分も周りの風景も、ピンク色に見えて。

服を売ることだけの仕事かもしれないけれど、こんなにやりがいがあるとは思わなかった。肌で大きくこの嬉しさを感じていた。

（そっか、私のファン……）

嬉しくてにやけてしまいそうになる。その感情を抑えるのが必死の十五分間だった。

お陰で乗り過ごしてしまい、次の駅の西明石で下車した。そしてまた、東行きの列車に一駅だけ乗車した。

5

今度は私が、あの子のブログをチェックするようになってしまった。どんな子なのだろう？

『6月〇〇日　今日はバイトデー。予備校に行きながらのバイトは、きつい』

予備校生か。

そうか、大学受験に失敗したんだ。そして予備校に通っているなんて、エライと感心した。

高校生ではなかった。私は勉強が嫌いで中退したから。三月生まれで、まだ十八とのことだった。

彼女がスマホで撮ったと思われる写真が掲載されていた。バックは三宮センター街。この近くの子なのだろうか。今度は私が興味を持ってしまう。

私のファンは、どんな風に日常を過ごしているのだろう。好奇心が自然に湧く。

後の画像は、ドトールやスタバでお茶した話や、梅田まで足を運んだ話など、楽し気に書かれていた。文だけ見ていると、リア充に見えるかもしれないけれど、多分彼女だって色々ある筈だ。

彼女や、お客様にとって『憧れの店員』である私だって、いろいろある。

足はむくむし、棒になる。結構、アパレルの仕事は重労働だ。それでもこの仕事を頑張っていられるのは、洋服が好きだから。そうじゃないと、続かない仕事だ。

翌日の休み。私は一人、またパティスリーの店でケーキを堪能していた。この前行った店とは違うパティスリー。茶色と白を基調とした、カントリー調の店だった。

店内は、木のテーブルや椅子で統一されていた。とてもシンプルだけど、大きく海岸が見えるところが、素晴らしい。

マンゴーとキウイがのった彩りが綺麗な、丸い白いショートケーキを、オーダーした。

このケーキには、夏らしさが象徴されていた。割と大き目の冷えた白いお皿に、そのケーキと小さなソフトクリームを添えてくれているのが、ここのお店の良いところだ。冷えたレモンティーとまたよく合う。

ケーキを口に入れると、中には、桃やマンゴーの角切りなどがクリームと一緒にゴロゴロ入っていて、夏のトロピカルな味わい。

スポンジとまろやかなクリームの相性は、抜群だった。

そんな華やかな夏のケーキが舌の上でとろける。ケーキを堪能しながら、私はスマホを覗いていた。

沢野さんに教えてもらったブログをまた、拝見した。『Ai's note』という文字が今になって、目に飛び込んで来た。

（へぇ、この子『アイ』さんって言うんだ）

ちょっと個人情報をばらしすぎじゃないかな、と、この子の身が心配になったりしたが、そういうブログはたくさんある。綺麗な子がもっと写真を加工してアップしているブログはたくさんあるから、そういうノリなのだろう。

スマホをしまい、ケーキを食べることに集中する。日々の疲れを甘いものは、癒してくれる。体も脳も心も疲れると、人は甘い物が欲しくなる。

ふと瀬戸内海に視線を転じた。夏色の海は、綺麗な何ともいいようのない純粋な青だった。

穏やかな水平線に、大きな船が浮かんでいる。西へ向かって行くので、九州あたりに向かうのだろうか。

何かの歌の歌詞に出てきそうだ。切り絵のような、素敵な風景だった。思わずうっとりしてしまう。毎日部屋の窓から見える同じ海なのに。

（そろそろ、海水浴の時期かぁ……）

私は今年も海に泳ぎに行かないだろうなと思いつつ、また海を眺めた。大きく日焼けしては目立つから、焼けないのだった。特に一緒に海に泳ぎに行く相手もいないし。

一人で泳ぎに行っても面白くない。

多分、今年の夏も、普通にショップで仕事をして終わるだろう。それだって全然いいけれど。


それから数日後。

夏の濃さは増して行く。日差しはまた、もっともっと強烈になっていく。

お陰で空気は熱気でぼんやりし、全てが霞んで見えるようになった程だった。

（学生は、もうすぐ夏休みかぁ）

いいなぁと、ため息が漏れた。私も学生だったら夏休みだっただろうから。

そんな中、店長は開店前の伝達事項で、直に学生が夏休みになるから学生のお客様も増えると私達に伝えてくれた。

お買い上げしてくれるかどうかは、分からないけれど……。

今日の私のファッションは、ベージュのワイドパンツに、V字になった白と水色の線が入ったブラウス。アクセントに、ゴールドのネックレスをつけ、イヤリングを耳元につけた。

あまりこのワイドパンツも好きではないけれど、『制服』だと思って、今日も着る。

開店と同時に、お客様が五人程来店した。いずれも大学生かと思われる。

本当にこんなに早く来店されるとは思っていなかったから、嬉しい。

そんな中、またあの女の子が訪れてくれた。「アイ」さんだ。本名かどうかは分からないけれど。今日は、デニムの帽子に、ここで購入してくれた白いデニムのスカートを穿いていた。

一緒に購入してくれたあの、半額になったカットソーは腕まくりし、ブレスレットをつけている。小物使いも備わり、上品な着こなしだった。

ショップ店員の私から見ても、上級者のコーディネートに見える。何より、私が選んだスカートを穿いて着てくれたことが嬉しい。

彼女は私を見つけるなり、近づいてやって来た。

「いらっしゃいませ」

私は笑顔で応じた。

「あ、あの……。このスカートと、ピンクのレースタイトスカートに合う、トップスあります？」

彼女は商品のお求めと、コーディネートを私に頼んで来た。他にもスタッフはいるのに、私に声をかけてくれたなんて、皆が言うように私の『ファン』になってくれたのだろうか。自惚れかもしれないけれど、嬉しくて宙に浮かびそうな位、嬉しかった。

「はい、こちらにございます」

私はトップスのコーナーへ誘導し、フリルスリーブの白のTシャツを薦める。白は何にでも合い、他の色とケンカすることがない。

「これにします！」

若い彼女の笑顔は、咲きたてのカーネーションのような表情に変わった。

Apparel Girl Chooses Your Clothes

ショートパンツ

Short pants

1

向日葵の花が、今の季節の太陽を彷彿させるように咲き誇り、毎日見る海の上も熱気がこもっている。動いていなくても、体中からじんわり汗が滲む。べったり背中に服がはりつき、不快を感じた。

この時期、夏物セールが始まる。

セール開始前、店は大忙し。七月は夏物の繁忙期。とても売り上げが伸びるが、八月は売り上げが落ちる。目の前に秋が待っているから。こんなに暑いと、人は秋物商品をすぐに買おうという気にならないようだ。試着するのだって、汗ばむから。

七月下旬から少しずつ秋物商品は入荷するが、八月はなかなか売れないのだ。

やはり夏物商品のセール品を中心に売れる。その日の夜も店の閉店後セールタグに、割引シールをつける作業に追われていた。

あの女の子が求めていたレーススタイトスカートも、今、やっと三十パーセントオフ。今なら、買い時だ。

店長を一瞥した。この前から少し、表情が柔らかだ。西野君は彼が出来たのではないかと言うけれど、本当のところは分からない。

(まぁ、いいか)

私はタグに、赤い割引シールを貼ることに専念した。

「やっぱり、アレやなぁ。メンズ商品ってレディース物に比べたら売れへんよなぁ」

店長は少し苦い顔になる。店長の細身の体からも、ため息が漏れているように見えた。

ガッカリして焦りの色が見える。

(メンズ物が売れない、か……)

彼女の心情は大体、理解出来た。店舗によってはメンズ商品が売れなければ、メンズ商品だけ撤退するケースもある。そうなった店舗もいくつかある。男性は、女性程洋服にこだわりを持っていない人が多い。

やはり、安いファストファッションのほうが売れるのだ。そうなると、河合さんや西野君の居場所がなくなってしまう。大阪にも店舗があるから、そちらへ移動してもらっても構わないけれど、そう言ったことは出来るだけ避けたいだろう。

「女性にも、メンズ商品買ってもらうようにせな、あかんよな」

店長は真剣な顔で言いながら、頷く。

「そうですよね」

河合さんは、同調した。日焼けには無縁な河合さんの肌は、女性の私でも羨ましい程、白い。その白い肌の手は、焦りでぎゅっと拳が作られていたが、その拳から汗が出てきそう。と、さえ思わせる。

「彼氏や旦那さんへのプレゼントに買って行ってくれる女性も多いんやけどな。でもそれだけじゃ、売れへんかもしれへん。女性にも、着てもらえるようにちょっと考える」

店長は帳簿を閉じて、真剣な顔でスタッフ一同に視線を遣った。

「よし！　じゃぁ、私、メンズのショートパンツ買う。これ買って上手くコーディネートして着てみるから、岡田さん、写真撮ってくれる？」

店長はこれをデジカメで撮り、ブログにアップし宣伝するということだ。

「はい」

この商品は女性でも十分いけると思う。サイズは、SサイズからLサイズまであり、Sサイズならメンズ商品でも女性なら入るサイズだ。

近年では女性ファッション雑誌でも、メンズ商品の着こなす方法が載っていたりする。メンズテイストを上手く取り入れる方法を、考えると言う訳だ。

店長は黒を選び試着室へ入る。甘いショッキングピンクのフリルスリーブのトップスと合わせると言う。なかなか良いアイデアだ。試着室から店長が出て来た。

黒いショートパンツは、ショートパンツという割には程よい長さで、ちょうど膝位。ショッキングピンクという、難しいけれど、可愛らしい色とよく似合っていた。

「似合いますね」

西野君は、惚れ惚れとするような言い方をする。

でも私も素直に素敵だと思った。スタイルがいいから似合うのだと思う。西野君は毎日たくさんの女性を見ているから綺麗な女性に、鋭くなったようだ。

「岡田さん。店の外に出て撮ってくれる？」

可愛らしい恰好をした店長に、少しきつめの口調で促され「は、はい」と慌てて返事をした。

夜の街で撮影するには、明るさが足りなかったため、ビル内で撮影することに。室内の明るい照明のおかげでいい写真を撮ることができた。今日の撮影係も西野君だった。

店長が自ら進んで購入したのだから、私も購入しなければならないだろう。あったら便利だろうし、家でくつろぐ時にも良い。物は考えようだ。

定価三千円だから社割で千五百円で購入出来るのもまた、良い。

店内に戻り、私は黒とカーキと両方を購入した。それにつられたのか、河合さんと西野君も購入。沢野さんまでもが購入した。ウエストはゴムになっているし、ラクだと思ったのだろう。

ラクで、お洒落に見えるこのパンツ。買わないのは損だ。

「トップスは何にしよう……」

今度はトップスを選ばなければならない。胸元にフリルがついた白と紺色のボーダーの、半袖カットソーを見つけた。

明日の勤務には、これを着よう。


開店十時。

今日はいつもより多くのお客さんが訪れた。若い女性のお客様ばかりだった。あぁ、夏休みなんだなと、実感する。

その中に、懐かしき顔があった。高い鼻。二重にセミロングに、ダークブラウンの髪。濃い化粧。デニムのホットパンツに、白いカットソー。彼女は顔立ちもハッキリしているので、外国人に見える程だった。

店長と同じ苗字の、『佐々木美香《みか》』

私は思わず、サッと別の場所へ移動し、他のお客様の対応をする。彼女は私が中退した大学の学生だ。

「何？　あんたどないしたん」

私の行動が変だと思ったのか、店長が美しい顔に思いきり不審感いっぱいの表情を浮かべる。店長の心情は分かっていた。ちゃんと接客しろと言いたいのだ。

「いや、あの、大学の時の学友がですね……」

「へぇ、どの子？」

興味を持ったのか、店内に多くのお客様がいる中、キョロキョロと店長は見渡す。

「あの子ですよ」

私は目で指した。

「あぁ、あのケバい子か」

店長も同じ苗字の佐々木さんのメイクは、濃いと思ったらしい。ハッキリそう言った。店長は遠慮なく、そういうことをズバッと言う性格だから。

店内は物色するお客様はいるものの、なかなか試着室やレジまではまだ誰も足を運んではくれなかった。こんな時、店員同士雑談するのはよくはない。

店長は店内を見回してお客様の様子を見ながら、こっそり私に話しかけて来た。

「何かあの子と、あったん？」

小声で訊いてくる。

店長にしては優しい問いかけだと思う。

「実は……」

私は当時のことを語り始めた。佐々木美香は芦屋《あしや》在住のお嬢様だ。芦屋市と言えば、関西の有名な高級住宅街。東京の地理は疎いけれど、多分、白金台《しろがねだい》とか、そういうところと同等だろうか。

指摘どおり、彼女の服装は派手だったと言えよう。前から流行の最先端の洋服を身にまとい、学生生活を謳歌していた。

出席番号は割と近いほうだった。『岡田』と『佐々木』だから。

学生時代も出席番号順で、学生番号が振り分けられていた。講義によっては出席番号順に座る授業もあった。授業中は、コソコソと隣の席の学生と私語をすることも多かったように思う。

学校をサボって良く、程よい距離の名古屋にも行っていた。派手で明るいから、友達も多かった。容姿が端麗で、明るい女の子というのは大体、女子校では同性に好かれ、友達もたくさんいる。リア充というのだろうか。絶対彼女らは『ぼっち』になることがない。共学では、男の子に好かれることも多いだろう。

男の子との噂は全然聞いたことがなかった。みんな彼氏が欲しくて、合コンに出かけ

たり、学校の門の前で他大学の男子学生が配っている、合コンのチラシなどを見てイソ
イソと合コンへ繰り出す学生は多かった。
私はそういうのが苦手だったので、絶対行かなかった。しかし、佐々木さんもそこは
同じで、そういう類のものには、行かなかった。意外に真面目だったのか、と思いきや、
講義は結構サボるのでそうでもない。
そんなある日、私は佐々木さんが男の人と腕を組んで歩いているのを見たことがあっ
た。しかも、割と年上の。年齢は三十歳位だろうか。
高そうな背広が似合うサラリーマン。顔もそんなに悪くなかった。背が高くスラっと
していて、仕事も出来そうな感じに見えた。
彼氏なんだと直感した。
そんなある日。七月の前期試験が終わった頃だろうか。暑くて歩くのも嫌になる中、
嫌な前期試験を終えて家に帰る途中、駅前で一人の女性と佐々木さんが口論しているの
を見かけた。
女性は二十代後半から三十歳位。
その女性の左手には指輪が光っていた。あの男性の奥さんじゃないかと私は直感した。
結構、長く口論していたと思う。口論は静かで、通りすがりの人は気がつかなかった

が、私はその話に耳を澄ませた。その内容は重かったと思う。

主人に近づかないで、とか、そういう会話だったと思った。佐々木さんは、不倫していたと理解した。まだ大学生なのに、なかなかだな。と感心したのを、覚えている。その後、佐々木さんがどうなったのかは、分からない。その男性と歩く姿を見たのは一度きりだったから。

2

後期が始まると、佐々木さんは講義をサボっては何故か私のところに、ノート見せてと言ってくるようになった。仕方なくノートを貸してやった。勿論後で返っては来たが……。

私はそれから佐々木さんを、汚い目で見るようになってしまった。それからますます、佐々木さんは派手になっていった。流行遅れの肌を露出するファッションをするようになった。

冬の時期だけはしなかった。

当時のことを語り終えた私の話を聞いて、店長は「なるほど」と真顔で頷いた。

「ああいう女は、近づかんほうがええってことやな」

他人事のように言い捨てた後、店長は、試着室へ行こうかどうかスカートをもってウロウロしている女性に「ご試着出来ますよ」と笑顔で対応し、女性に試着室へ案内した。

「朱音ちゃん」

声をかけられ、ギクリと心臓が跳ねる。

甘ったるい、やや、アニメ声。あの時の三十過ぎ位の男性ももしかしたら、この子の甘ったるい声にも惹かれたんじゃないかな、なんて思う。

「い、いらっしゃいませ」

私はひきつり笑いを浮かべながら、営業の姿勢を取った。

日本人離れした彼女の顔が、視界に入った。やっぱり佐々木さんだった。

「朱音ちゃん、大学辞めてここで働いとったんや」

まるで仲が良かったように、彼女は馴れ馴れしく語り掛けてくる。少し不快を感じたが「うん」と、とりあえず返事をする。

そんな時だった。

洋服を手に取り、試着室があるほうを一瞥する、若い女性の姿を目にした。年齢は二

十五、六。店長と同じ位の年だろうか。
「仕事中だから、ゴメン」

私は佐々木さんにそれだけ言い、「試着室まで案内致しますね」と戸惑いがちのお客様に声をかけた。

すると、そのお客様はホッとした顔をし「お願いします」と頭を下げた。ここの店のシステムとしては、試着する際、店員に声をかけてもらうことになっており、店先にもその言葉を表示している。

黒い麦わら帽子に、黒いTシャツ。白いタイトスカート。モノトーンのコーディネートを上手く着こなした女性だった。

「ごゆっくりどうぞ」

私は試着室のカーテンを閉めた。もう、佐々木さんの姿はなく、どこか、安堵を覚える自分がいた。

勤務終了後、西野君と私は店長に呼ばれた。何かやらかしただろうか。

「今日は、ケーキでも食べにいこう」

店長は珍しいことを言い、私達をイートインが出来るパティスリーショップへと誘って来た。

私は心臓が飛び上がる程、びっくりした。こんなこと、今までなかった。私と西野君は互いに顔を見合わせた。彼も目を白黒させていた。

空に一番星が輝き、薄闇に変わる頃、私達はとあるパティスリーへ向かった。三ノ宮駅から徒歩十分くらいのところにあるケーキショップ。

この店は、ビルの一階にある。茶色い内装に、白い絨毯。落ち着いた雰囲気だった。白いイートイン用の小さなテーブルが数席ある店内。イートインのお客さんはいなかった。

テイクアウトのお客さんが多かった。時間帯も時間帯だからか、ショーケースの中のケーキは、ほとんど残っていなかったが、それでもモンブラン、ガトーショコラ、シュークリームの三種類は残っていた。

私はシュークリームが大好物なので、迷わずシュークリームをチョイスした。西野君はモンブラン、店長はガトーショコラを選び、三人ともドリンクはアイスティーを選んだ。

イートインはセルフサービスだけど、今日はお客さんが少なかったため、席まで店員がもってきてくれた。

それにしても、どういう風の吹き回しだろう。

私も西野君も沈黙した。こんなの初めてだ。しかも店長の奢り。一体どうなっているのだろう。

店長はいつも指には何かしら、指輪をしているのに今日はすべての指に指輪をしていなかった。昨日と同じペパーミントグリーンのネイル。彼女はネイルが大好きで、爪のケアは欠かさないはずなのに人差し指の爪の色だけ、少しはがれかけている。きっと何かあったのだろうと、察知した。

奇妙で静かな沈黙が降りた。先程まで少しテンションが高かったことを思い出した。それとは打って変わり、今は少し寂しそうな店長。

失恋かな。でも、訊けやしない。空気が読めない西野君でもおそらく聞かないだろう。シュークリームを頬張った。バニラビーンズの粒が強調され、カスタードたっぷり。頬が落ちそうになった。

「おいひ」

思わず沈黙を破ってしまった。横にサービスで添えられているバニラアイスもまた、ミルクの味が濃い。

「うん、旨いっすね。女性と一緒じゃないとこういう店、入り辛いから、誘ってくれてありがとうございます」

西野君にしては空気が読める言い方をし、店長に頭を下げる。黒いケーキを頬張りながら、「ううん」と、店長は微笑した。その笑顔は、寂し気で声に悲しみが含まれているように、感じた
視線を下に落とし、ゆっくりとクリーミーなガトーショコラを再び口に入れる。

「あの、何かあったんですか？」

聞いてはいけないことと思いつつ、私はついつい聞いてしまった。アイスティを啜りながら、店長の顔を盗み見した。眉尻が下がっている。いつもみたいに、尖っていない。憂いを帯びた目をした店長も、美しかった。

ちょっと私まで切なくなった。少しキリキリとした痛みが胸に走る。

「岡田さんの言葉聞いて、実感したねん……」

あぁ、あの私のかつての同級生の不倫話か。それってまさか。嫌な予感がする。

「私、奥さんいる人好きになってしもうてな」

「は？」

頓狂な声を出したのは、西野君だった。

「いや、それ、まずいっすよ、絶対。辞めたほうがいいっすよ」

西野君は止めるような口調だった。私は硬直したまま、アドバイスが出なかった。何か気の利いたことが言えればいいのに、頭が回らない。

「うん。知ってる。実感した。ありがとな」

悲しそうに微笑し、ガトーショコラにフォークを入れる店長に「そうや！」と西野君は、提案を持ちかけた。

「そうや、今、お茶してるところ、ブログにアップしません？」

「え？」

店長と私は目を丸くした。

プライベート写真を、か。なるほど。いいアイデアかもしれない。

「三人で、パティスリー行って、お茶飲んでおいしいケーキ食べてます、ってアップしたらええんちゃいます？　売れるように商品ばかりアピールするのもなんやし。商品ばっかりやなく、スタッフ同士の楽しい写真もたまにアップしたらええと思うんですよ」

「西野君、たまにはええこと、言うやん」

私は褒めた。本当に良いアイデアだ。

「たまには、って、そんな」

西野君はムッとして、ふくれっ面になる。

「でも、ええかも、それ」

店長も少し嬉しそうだった。そんな中、私は従業員を呼び止めた。店長はデジカメを持っていたので、写真を撮って下さいと、従業員に頼んでいる。店員さんは快く引き受けて下さり、デジカメで撮って下さった。

「あの、不倫……。してた訳じゃないですよね？」

ドキドキした。店長は苦手だけど、あっちの佐々木さんみたいにはなってほしくないと願った。

もし付き合っているのなら、手を引いたほうが良いと止めるつもりでいた。

こんな綺麗な人に、背徳の道を歩んでほしくない。素敵な人と幸せになってほしいと、願った自分がいた。

「付き合ってはいない。何度か会って、食事したことはあったけど……」

店長は悲しそうにかぶりを振った。付き合っていないと聞き、私達はホッとした。

「でも、本気で好きだった」

意気消沈した声で告げた、初めて聞く店長の寂しそうな声。いつか、西野君が言ったことが当たってしまい、彼の勘の鋭さには驚いたが、こんな店長を見るのは初めてで、私まで悲しくなりそうだ。

「ま、また良い人出来ますって」

ダメだ、月並みなセリフしか思い浮かばない。色々、セリフを探るが思いつかない。

私の語彙がやはり足りない。

隣に座っている西野君も、苦笑いを浮かべながら、視線が泳いでいた。きっと彼も、良いセリフを脳裏で探っている。そして、思い当たらないのだろう。

「あの……」

私は今から、不躾《ぶしつけ》な質問をしようとしていた。だから緊張した。頬と肩が自然と強張る。

「何？」

店長はいつもの不愛想な声に変わる。チラッと私を怪訝そうに見た。

「あの、相手は誰だったんです？」

緊張した声で私は問う。店長は静かな声で教えてくれた。

「うん……。ほら、本部のマネージャー」

「あぁ、あの人か」

西野君は微苦笑した。

そんな中、店長は溶けかけたアイスに、ガトーショコラをつけて口に運んでいる。

あのよく来る人だ。マネージャーは各店舗を回り、店の様子や売り上げをチェックしに来る。うちの店が日本各地にある店舗の中で、売り上げナンバーワンで、店長はマネージャーに大変、称賛されたのは私も知っている。

棚卸のミスがなかったのもうちの店舗だけだったし、こまめに売り上げのチェックを店長が行っているため、ミスは発生しなかった。こういうきめ細かいところまで、行き届く優れた人なのだ。

店長だけ特別ボーナスが出たのも私は知っている。他のスタッフは知らないかもしれない。

本部のマネージャーと、仕事のことで食事に出かけることもあったという店長。あまり聞かない話だが、多分そのマネージャーも店長に、気があったかもしれない。

一緒に仕事をしていれば、惹かれることもあるだろう。

「何かホントにありがと。付き合ってくれて」

店長は嬉しそうに、静かに微笑む。今まで見た中で一番可愛い笑顔だったと思う。

「やっぱ、奥さんおる人は、あかんですよ」

西野君の口調は思いやるというより、軽く感じたが、その台詞には真剣さが含まれていた。彼の目に労《いたわ》る色がこもる。こういう優しいところも、西野君っぽい。

「うん、分かってる」

また店長は若干、動揺したような安堵したような、微妙な笑みを浮かべた。

最近、一段と綺麗に見えたのは、やはり恋という名の魔法であったことを、今、理解した。

3

翌日、私はうちの商品が掲載されているというファッション雑誌『THY』を買った。人気モデルがデカデカと表紙を大きく飾っている。

掲載ページを開く。人気女優のKさんが、うちの商品の花柄のトップスとロングの黒いプリーツスカートを着て細いベルトでウエストを作っていた。こういう着こなし方は綺麗に見えるけれど、何度も思うがベルトを使った着こなしは、細身の女性じゃないとなかなか似合わない。時には太って見えるから難しい。Kさんは綺麗で細いから似合っているけれど。

店長に見せると早速この雑誌を店頭にも置いて、掲載ページを開いておくという。こうしておくと、掲載商品は売れることが多かったりもする。毎月のように『ミント・シトラス・アトレックス』の商品は何かしらの雑誌に掲載されているが、掲載雑誌は置いたり置かなかったり、色々だ。

「店長としてはこの、ショートパンツを売りたいんでしょう？」

私は今日穿いているショートパンツを、指で指した。店長が先日、ブログで載せた商品だ。

「うん、勿論。でもこれはこれや」

店長は耳元の大きなワッカのイヤリングを揺らしながら、張り切っていた。


開店して、三十分位経過しただろうか。

そんな時、店長が声を潜め耳元で、告げた。

「あの子、来たで」

その『あの子』の言葉で分かった。店長と同じ苗字、佐々木さんだ。

今日はあの、人気のレーススタイトスカートとフリルスリーブのトップスを着ている。

しかもどちらも、うちの店の商品だった。

沢野さんが、いらっしゃいませと、佐々木さんに接客した。しかし佐々木さんは沢野さんの接客をスルーし、私に向かってやってきた。

「あのさ、ロングスカート探してるんやけど。それとブログで見た、ショートパンツ、あれ、どこ見てもないんやけど、なんで？」

淀みなく話しかけてくる佐々木さん。今日はお客様としてやってきてくれたようで、ホッとした。

「あぁ、あの商品は、実はメンズ商品でして」

私は、敬語で説明する。

営業スマイルを浮かべようとするが、相手は知り合いだから、自然と表情が硬くなってしまう。情けない。これではプロの店員とは言えない。

「サイズは？」

「SサイズからLサイズまでありまして、Sサイズは女性のお客様にも、人気です」

そう答えると、佐々木さんは興味を持ってくれたらしい。

「じゃぁ、そのショートパンツ見せてくれる？」

少し上目遣いで、私を見る。何か試されているだろうか。

「かしこまりました」

私はメンズ担当の西野君に詳細を告げると、彼はショートパンツをバックから出してくれた。

「こちらの商品、女性のお客様にも人気でして、当店の当スタッフも穿いております」

西野君は笑顔で説明した。当スタッフが穿いている理由は、女性のお客様にも、買ってもらえるようにということだが、勿論そんなことは口にしない。

実際は人気というより、メンズ商品を一つでも売りたいから、女性でも着られるものを選んでスタッフが着ているのだ。でもそれが目に留まり、女性客からも買ってもらえたら嬉しい。

「そうですか。じゃぁ、試着してみます」

佐々木さんは西野君に素直に応じ、微笑んだ。

彼女の目的や意図は分からないが、やはりお買い上げしてくれる気があると嬉しい。

「朱音ちゃん、見て」

試着室のカーテンを開けた佐々木さんは、私を親し気に呼んだ。隣で新商品を段ボールから出していた西野君は『朱音ちゃん』という言葉に反応し、こちらを、ちら見した。

友達なの？　と西野君は私に目で訴えてきたが、私はそれを苦笑いしてスルーした。

黒いショートパンツを穿いた佐々木さんは、とても可愛らしかった。細身だから余計にそう感じる。

「とてもお似合いです。お客様、細いから、特に似合っていらっしゃいます」

営業トーク。陳腐なセリフすぎるな、と、内心自分に突っ込みを入れながら、顔に笑みを浮かべる。

「なーんか、他人行儀すぎへん？」

私の台詞に彼女は違和感を感じたのだろう。思いきり彼女は眉間にきゅっと皺を寄せた。きっと私に親しみを持ってくれているだろうから、不快に感じたかもしれない。けれども過去の彼女を私は知っているから、快く『友人』とは受け入れられなかったりする。学生時代、そんなに親しい訳ではなかったから。

「一応、お客様ですから」

「ふーん。つまんない」

彼女は子供のように口を尖らせたが、「でも、これ買う」と、試着室へ戻った。

「ありがとうございます」

私は一礼し、試着室のカーテンを閉めた。レジへ行って、ショッパーを用意しておく。

少し複雑な心境だ。

「あの子も、あんた目当てで来たんやろうな」

店長は私にそっと耳打ちするように言った。

「はい……」

私目当ての意味合いが、今までのお客様とは違うが。

本当に、何を考えているのだろう。色々学生時代の彼女を思い出しても、やはりいい印象はない。授業中はお菓子を食べながら、ボーっとしていたり。別に人に迷惑はかけていないけれど、授業に出ていたにも拘わらずあとで必ず彼女はノートを見せてと言ってくるのには、いつも首を傾げていた。

私は大学が合わなかったから辞めたけれど、彼女だって私と同じ位、学校が合っていない気がする。着替え終えた彼女が、ショートパンツを持ってレジへやってきた。

「ありがとうございます」

私はバーコードを機械にかざした。

「あの、ロングスカートは、宜しかったでしょうか？」

彼女は確か、ロングスカートも欲しいと言っていたのを思い出した。

「やっぱり、ええわ」

佐々木さんはかぶりを振り、バッグの中から財布を取り出した。

「かしこまりました」

それ以上は私達だって、商品を薦めない。お客様が要らないと言っているのに、無理やり薦めたりはしない。

私は佐々木さんについて、色々疑問が浮かんだ。

彼女は今も学校に行っているのだろうか。ここへ来た理由は何だろう。あの男性とは、どうなったのだろう。

全部聞けない質問ばかりだ。

「お待たせいたしました」

私は綺麗に包んでショッパーに入れた洋服を、彼女に手渡した。

「ありがとう」

屈託ない笑みを浮かべ、佐々木さんはショッパーを受け取った。

「ねぇ、どうして学校辞めたの？」

私が彼女への質問を失礼だと遠慮したのに対し、佐々木さんは不躾な質問を私にしてきた。流石の店長もギョッとした顔をする。

「勉強が嫌いだったから」

私は面倒で、それだけ告げた。どう思ったかは、分からない。佐々木さんは「ふーん」と鼻を鳴らしそれ以上追求せず「じゃぁ」と手を振り、店をあとにした。


昼休み。

気まずいことに、私は店長と、河合さんと昼食時間が一緒になってしまった。こんなこともしばしばある。

「うーん、どうしよ……」

店長はお弁当を食べながら、思案していた。店長は、兵庫県の北部、豊岡《とよおか》市の出身だ。そして一人暮らしだから、自分で作ったのだろう。意外に家庭的なところもあると、感心した。

「売り上げですか？」

河合さんは、テイクアウトしたハンバーガーを頬張りながら、眉が独りでに寄っていた。

「そう、売り上げ」

うちの店だけ、売り上げを先月また、達成した。しかし、今月は少し厳しいらしい。

八月だから仕方ないけれど。

「俺もまたあれ買いますよ、ショートパンツ。カーキと黒と両方。弟にあげます」

河合さんの声が、天の助けに聞こえた。先月、私も売り上げの目標達成のために購入した商品がある。私もたまに協力する。でも自分の財布の中のことを考えると、いつも服ばかり買っていられないのが現状。いつも毎月最低五着は買っているから。

店長も今回は私に押し売りはしなかった。

「ボディのコーディネートを変えたりして、ちょっと目立つようにしようかな」

店長は思考しながら言う。

コーディネートが抜群に上手くいくと、その商品がたくさん売れる。ボディにかかっている。

ショートパンツに似合いそうなコーディネートを考える。

「エメラルドグリーンの、トップスにも合うんじゃありません？」

最近、入荷した胸元にリボンがついている、トップス。あまり目立たないところに置いてあるからか、売れない。

「もう思いっきりカジュアルにして、Tシャツやトップスも地味にするテもありやな」

店長は、一つの案を述べる。メンズテイスト、カジュアルが好きな人にも、お勧めのコーディネートだ。

「じゃぁ、その二種類のコーディネートをしてみようか。甘めテイストだけでなく、メンズテイストも」

「良いアイデアですね」

河合さんもその案に、同意した。

昼休み終了後、早速それを実行する。ボディを二つ、店頭に持って来て早速着せた。

勿論、元々男の人の服なのだから、男性にも売れてほしいと願う。

その日の午後三時。一人の男性が来店された。私や西野君と同じ年位の男の人だ。顔立ちは整っていて、背はそんなに高くはないけれどスラっとしている。少し髪を染めているのだろうか。でも、下品な染め方ではない。少し茶色がかった色の短髪。

「いらっしゃいませ」

私は声をかけた。あまり男性のお客様に、色々話しかけないほうが良いと思い、あとは男性のスタッフに任せようと、女性服のほうへ移動しようとした時だった。

「あ、あの」

その男性は私に声をかけてきた。西野君ではなく、だ。

「はい？」

仕方なく私は応じるしかなかった。

「あの、ショートパンツ。マネキンが着てるやつ、欲しいんですけど。カーキ色の」

「かしこまりました。サイズはどう致しましょう？」

こういう会話をする場合、同じ男同士のほうが良い気がしたが、仕方がない。西野君は近くで、若干、仏頂面をする。男性店員の彼にではなく女性店員の私に話しかけたから、若干、嫌だと思ったかもしれない。

「MサイズとLサイズ、両方試着したいんですが」

「かしこまりました」

彼は細身なので、Lサイズは大きい気がしたが、でも試着したいと言っているのだから、両方のサイズを私はバックから出して来た。

そして試着室へ案内する。西野君はまだ若干、不快な表情をしながら商品整理を行っていた。

試着室から先ほどの男性が出て来た。

「すみません。この色と、黒ももう一枚買います」

「ありがとうございます！」

やったぁと心の奥で叫んだ。マネキンアピール、ブログで紹介。多分どちらも備わり成功したと言えよう。

お客様が途切れた時だった。レジの前でノートパソコンを見ながら店長は仕事をしていた。私達スタッフは、お客様が広げた服を畳み直したり、お客様が見た商品を別の位置へ置いたのを元の場所へ戻したり、結構これが大変だった。

売り場は常に綺麗にしておきたい。

「ん、どうしようかな」

唸《うな》る店長を見てまた売り上げが良くないのかなと私は心配になった。

「どうかしました？」

4

恐る恐る聞いてみる。

「ブログのコメントやけど、今まで、閉じてたけど、承認制で公開しようと思って」

「え？」

ちょっと予想外の意外なアイデアに、つい頓狂な声が出る。

「あ、良いアイデアですね」

沢野さんは同意した。

しかし、承認制とは言え、批判的なコメントを書き込んで来る人はいそうだ。こちらが気に入らないコメントを削除し、そのコメントを反映させなければいいだけのことだが、こちらが、傷つくコメントを書く人はいるだろう。

承認する前に削除するのは私達だ。どちらにしても批判的なコメントを読み、いちいち心にチクチクと傷心を刻むのは嫌だと感じたが、黙っていた。

河合さんも多分私と同じことを思った筈だ。少し眉を顰めた顔をしたから。けれども反論はしなかった。

西野君は「ふーん」と言い、反対も賛成もしなかった。あまり深く考えていなさそうだ。

「じゃぁ、決まり」

店長は言う。私と西野君と、河合さんは、折れるように「はい」と生ぬるい返事をして、流した。

その日も、閉店後いつものように、レジ閉めを行った。そして商品の在庫チェックを行う。

「やった！」

店長はブログを更新しつつ、嬉々とした声をあげた。

「どうかしたんです？」

店長の嬉しそうな声に私は反応した。河合さんはＰＯＰ書きを行っていて、沢野さんはディスプレイを少し変更していた。

「ブログに早速書き込みがあったねん。そうそう、岡田さんも見てくれる？　あの子の書き込みも来たで」

そういうので、私はノートパソコンを覗き込んだ。確かに二件の書き込みがあった。一件目は、スカートを買ったというＯＬの書き込みだった。早速穿いているという嬉しい報告。

二件目は、ＨＮが『みかりん』だったので、店長の言うとおり佐々木さんだと私も察知した。

『ショートパンツ気に入りました。この夏、活躍しそうです。それと後日、ロングスカートもゲットしました』

ロングスカートは、もしかしたら他の店舗で購入したかもしれない。知っている限り、私がこの店にいる間はここに佐々木さんが、買いに来たことはなかったから。

佐々木さんのブログのリンクも載っていた。

早速、ブログも見せて頂いた。

「あっ」

私と店長の声がハモった。

『彼氏とおそろい、ミント・シトラス・アトレックスの、メンズショートパンツ。こんな風に、可愛いトップスと合わせても可愛いです』

　そう文章が書かれたあとで、佐々木さんがそれを着用した画像がアップされていた。でも、顔は出していない。そのことに安堵を覚えた。

　花柄の刺繍が肩の部分についた、薄いグリーンのトップスに、黒いショートパンツ。確かに似合う。

　彼氏のほうも、顔を全て出していないものの、すぐに分かった。

「あ、あの人だ」

　つい最近来た、カーキ色と黒と両方お買い上げ下さった、あの男の人だ。痩軀に程よい身長。私と同じ年位だろうな、と確かに感じていたのだ。

（そうか、佐々木さんの彼氏だったんだ……）

　だから二着買ってくれたのだろうか。彼女に言われて。

『ここのショップは、同じ学校に通ってた友人がバイトしてます。その子が穿いてて、あまりにも可愛かったから、メンズ物だけど買っちゃいました』

うーん、友人だっけ？　そこのところは心の中で引っかかりはしたが、友人と言われて何故か温かい気持ちがこみあげた。

私を友達認定してくれたのだ、と。ブログだけの、上辺の文章かもしれないが、一瞬でも認めてくれただけでも、嬉しい。私はバイトではなく一応、準社員なのだけれど。

「えぇ宣伝してくれたやん」

店長は安堵したように、微笑んだ。私もそれは同じ。

一気に売れるということはなかったけれど、少し、じんわりこのショートパンツは売れた。

素直に嬉しい。私のことを『岡田さん』ではなく、『朱音ちゃん』と呼んでくれたことも、今思えば、親しみを感じてくれていたからそう呼んでくれたのだろう。

学生時代、そんなに親しくなかったのに不思議だった。傍らにいた、店長の顔が私に近づいて来た。私はハッと我に返った。

「悔しいけど、あんたってどこか人を引き付けるオーラがあるねんなぁ」

「オーラですか……」

それもまた、分からない。しかも何も悔しがる必要はないと思う。店長のほうが大人の色気がたっぷりある、美人なのだから。

このブログを見て、佐々木さんはあの不倫の彼と別れたのだと分かり、ホッとした。幸せな恋をして学校に通って頑張っているのだ、と。普通に大学生らしい青春を送っているようだ。

そういえば、店長はその後吹っ切れたのだろうか。プライベートなので聞けはしないけれど、キビキビと動き回る様子を見ると多分、大丈夫なのだろうと、思った。

「岡田さん」

沢野さんが話しかけてきた。

「あ、はい、何です？」

「私もあのショートパンツ穿こうと思っとるんやけど、ちょうどええ、トップスどれがええやろ？　一緒に選んでくれる？」

沢野さんからの相談だ。こういう相談は大好きだ。同僚からファッションの相談をされると、信頼されていて素直に嬉しいし、やっぱり人の洋服を選ぶのも私は大好きだ。

「あ、そうですね」

一通りの仕事が終わったので、閉店した店舗の中で、沢野さんの『制服』を選ぶ。カーキ色をチョイスした彼女に私はベージュ色の、Vネックのカットソーを選んだ。

色合い的にも、秋にも着られそうな感じがしたから。

「これを着て、結構綺麗めのアクセサリー一つつけるといいかも」

「あ、なるほど」

沢野さんは意表をつかれたように、パチンと両手を合わせ目を輝かせた。私達は時には、同じ職場のスタッフの洋服を、選ぶこともある。似合う服も色も人それぞれだから、仲間にも、うんと似合う服を選ぶ。

Apparel Girl Chooses
Your Clothes

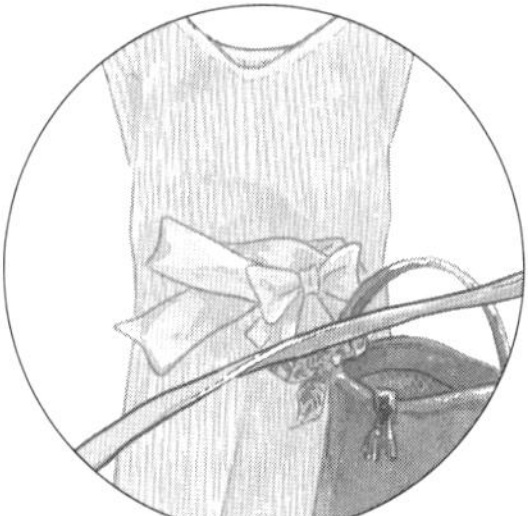

サーマル
ワンピース

Thermal one-piece

1

蝉が毎日けたたましく叫ぶように、鳴いている。子供達の夏休みも、中盤になった。太陽は惜しげもなく、ギラギラと街中を照らしつける。暑すぎて体も街も、全部焼けてしまいそうだ。アイスクリームが恋しい。

そして遠くに蜃気楼が見える。行きつけの明石焼きの店ではかき氷も売るようになり、毎日、飛ぶように売れているらしい。

朝も昼も夜も、体が溶けてしまいそうな程暑いこの季節。

私達には、お盆休みはない。商品がなかなか売れないけれど、休めないのが現状だ。考えただけでゾッとする中、私は一冊のファッション雑誌を購入した。それを持っていつもの明石焼きの店へ向かった。

「いらっしゃいませ」

奥さんの元気のいい声は、私の心を励ましてくれる。店内は冷房が効いており、涼しかった。休みのその日、私は明石焼きとかき氷を注文した。味はメロン味。かき氷といえばイチゴが定番みたいなものだけど、私はメロン味が大好きだ。見た感じ涼し気だから。

明石焼きより先に、メロンのかき氷が目の前におかれた。雪山を彷彿させる、たっぷりの柔らかな白い氷の上にかかっている、緑色のメロンのシロップは、涼し気である。何となく他のシロップよりも爽やかなイメージだ。

一口頬張ると、柔らかな雪の食感がゆっくり口の中に広がる。幼い頃、大雪が珍しく積もった冬にその雪を、口に頬張ったことがあった。しゃりしゃりした食感もあり、ふんわりとした食感もある。メロンの甘い味が後ろから、じんわりしみる。しゅっと口の中で柔らかな氷は溶ける。メロンソーダに近い味だ。

（うーん、おいしい）

口の中で、冷たさを噛みしめながら、ファッション誌のページをめくった。

（あ！）

私はまた、違う意味で目を輝かせた。

サーマル生地のワンピースが載っていた。これはとても柔らかい生地だ。生地自体が少し弾力があり、しっかりしている。伸縮性も備わっている。

冬も、サーマル生地とニット素材をミックスしたワンピースが入荷した。完売したため、バーゲン品になることはなかった。

ファッション誌に載っている、サーマル生地のワンピースは、なんと、うちの商品だ。

今月も自分が働いている店の商品が雑誌に掲載されていることが、嬉しい。何だかんだで、毎月何かしら、雑誌に掲載されている。『ミント・シトラス・アトレックス』は人気ブランドだと思った。

色は、こげ茶、黒、グレージュ、ピンクの四種類の展開だ。七分袖になっていて、今の時期着るには袖がロールアップ出来るようになっており、ロールアップにした際の、留め用のボタンもついている。

そして布ベルトもついていて、ウエストでリボンが結べるようになっていた。布ベルトは勿論別途についていて、一枚でストンと着るのもありだろう。

左の片側の裾に、リングドットボタンが四つついていた。そのボタンの存在が、かなりお洒落だ。オーバーサイズに出来ており、シンプルなデザインだから、広い年齢層に愛されそうだ。

今の時期も着られるし、秋口も着られる、お得な商品と言えよう。

(私、絶対買う！)

目がハートになってしまった。細身の人は、付属の布ベルトでウエストでしっかりリボンを作ったら可愛くなる。

絶対売れること、間違いないと確信した。お値段は七千円。少し高め。プライベート用に黒を、店頭で着る時はピンクを欲しくなった。きっと買うなら、店長はピンクを買うように薦めてくるだろう。

ピンクは、細い人じゃないと膨張してしまうのだ。だから普通のお客様から敬遠される色で、一番最後まで売れ残ってしまう色だった。黒やこげ茶といった、無難な色が売れるため、黒やこげ茶の商品をたくさん、生産する。

淡い色も売るために、店員が制服として着て、商品をアピールすることになる。

そんな時、目の前に明石焼きが置かれた。いつもの黄金色の丸い形の明石焼きは食欲が増す。

（うん！　今日もおいしい！）

柔らかめの薄味タマゴの生地。

つけ汁の和風だしのつゆは、味が濃くならないように、しょうゆよりもカツオ出汁をベースに作られている。

おいしすぎて罪な食べ物だ。生地は、表面はパリッと、中はトロトロ。舌触りは抜群。

この出汁に、タマゴの味が染み込んでくれる。そんな明石焼きを頬張りながら、そのページを眺める。

雑誌掲載商品をいつも必ず売り出す訳ではないが、私にはワクワク感が押し寄せた。このサーマルワンピースが、早くもほしくてたまらなくなった。

翌日。出勤すると、店長がパッキンから何やら出していた。あの例のサーマルワンピースだった。

「あっ、来た来た！」

私は思わず大きな声が出てしまい、駆け寄った。

「な、何？」

店長が驚いた声を出し、こちらへ視線を遣る。

「これ、昨日発売の雑誌に載ってたんですよ」

これが入荷すると聞いていなかったため、驚いた。店長も雑誌のことを知らされていなかったらしい。

「絶対売れる商品ですよね？」

「そうかもな」

なぜか曖昧な返事で流されてしまった。店長は甘めと辛口をミックスした、パンツスタイルのコーディネートが好きだから、あまり興味がないかもしれない。

「私、これ買います！」

かなり、力がこもった声で発した。

「あ、うん。きっと沢野さんも買うんちゃうかな」

店長はまた、どうでも良いような口調で流す。

つまらない気持ちになった私は、向こうでボディに新しい服を着せている沢野さんを手招きした。すると沢野さんはパタパタと小走りでやって来た。

「サーマル生地のワンピースや！　裾のボタンも、可愛い！」

沢野さんも、パッと顔を輝かせた。

メンズ商品の検品を行っていた西野君と河合さんは、きょとんとしながらこちらを見る。検品作業をしながら入荷したばかりのサーマルワンピースの登場に、女性スタッフが、わいわい騒いでいるのを見て、驚きを隠せないようだ。

「そんなにそれ、人気なんです？」

彼ら二人は不思議そうに、首を傾げた。

「そうや。あんたら知らんの？」

店長は顔を曇らせた。

男性二人は「知らないです」と、焦った口調で正直に述べた。メンズ商品で、サーマル生地を使った商品は、うちの店にはなかった。この店に入って日が浅い西野君はまだ、見たことがなかったかもしれない。

「これ、売れると思うで」

今度は店長もかなり確信をもって頷く。先ほどは、曖昧な返事をしていたのに、だ。その横で私は黒を買うと、言った。沢野さんは、こげ茶色を買うらしい。

そんな中、チラリと店長は私達二人を一瞥した。

「ちゃんとピンクも買いますからっ」

私は促されることを先読みして、発した。すると沢野さんも大きく頷いた。沢野さんも何を言われるか、予想していたらしい。

「私もピンクもちゃんと買いますから」

空気を読んだ発言だった。

「うん、ちょっとホッとした。これ着る時は勿論、かぶらんようにな」

念を押されてしまった。店長もピンクと黒を買うそうだ。

ピンクを全員『制服』として購入し、店頭で着ることになった。

「早速やけど、私、今日これ着てええ？」

店長の問いに私達は頷いた。つられて彼女も欲しくなったのだろう。

今日の私のファッションは、ノースリーブの白いカットソーに、黒のワイドパンツ。それに割と大き目のワッカのイヤリングだ。沢野さんは、ウエストにゴムが入っている花柄のワンピースを着ている。

店長は早速、ピンクのサーマルワンピースに着替えた。付属の布ベルトを使わず、細い皮のベルトを腰に巻いた。

「似合いますね」

沢野さんは素直に褒めた。私も似合う、と素直に思う。着丈は百十五センチ。程よいロング丈のワンピース。

ピンクと言っても派手な色ではなく、桜色の淡いピンクだ。

美人の店長。更に女らしさがアップしたように思う。その美しさに、私は見とれた。

店長は沢野さんに言われ、少し嬉しそうに顔を赤らめた。ここのところ、本当に店長の性格は穏やかになりつつある。本部のマネージャーのことに対し、心に区切りがついたのだろうか。人は苦しみから立ち直った時、心が大きくなれるから。

理由は分からないけれど、バージョンアップしている気がした。店長はワンピースに合わせ、リップの色をピンクに塗りなおしたらしい。それもそれでよく似合っていた。

私達は、化粧直しがなかなか出来ないことも多い。

アイメイクや口元のメイクは少し濃い目に、と言われる。私もここのところは、ファンデーションをあまり塗らないようにしていた。暑いので特に夏場は、崩れるから。すっぴんで店頭には立てないから、そこは難しいところだった。


開店してから五分位で一人の女性が御来店された。五歳位の男の子の手を引いた主婦だ。花柄のロングスカートに、薄い水色のトップス。

これこそ、本当のキレカジと言うのだろう。年は多分三十代半ば位。ショートカットで薄めのメイク。店長の着ている洋服に、少し見とれていた。そして目線を反らした。きっと綺麗でほしいと思ったに違いない。

「あの……」

その主婦は私に話しかけてきた。

「はい、いらっしゃいませ」

私は軽く頭を下げる。

「あの店員さんが着てるワンピースありますか？」

店長のほうをチラリと瞥見《べっけん》しながら、遠慮がちに聞いてきた。

「あ、はい、少々お待ち下さい」

早速のお買い上げ。発売当日に、だ。サーマルワンピースの人気はつくづく凄いと、内心驚いた。

明日から世の中はお盆休みに入ろうとしている。私は早速先ほど店頭に置いたばかりのワンピースの売り場まで、ご案内した。

「お色は、四色ございまして」

軽く説明した。その主婦は「うーん」と一通り四種類の色に視線を遣る。

「ピンクと、黒を試着させて下さい」

「かしこまりました」

私は、その二着のワンピースを手にとり、試着室まで案内した。小さい男の子は大人しい。とことこと、ママの後をついて行く。

「お子さんも、ご一緒に試着室へ入られます？」

「是非、お願いします」

主婦は軽く頭を下げた。

うちの店の試着室は全部で四室ある。その中で一番大きな試着室にご案内した。小さな子供連れのお客様の来店を考慮しながら、一つ大きめの試着室を作ったのだ。

間もなくして、彼女が試着室から出て来た。

「お疲れ様です」

私はいかがでした？　とは聞かないことにした。似合わなかったとか、やっぱり買うのをやめたいと思った時、いかがでした？　と聞かれて不快に思うお客様もいるかもしれない。

合わなかったり、似合わなかったりしたら、お客様のほうから申し出てくれるから。余計なことは聞かないほうが良い。

「ピンクのほうは、いいです」

苦笑いで彼女は、ピンク色を差し出した。

「かしこまりました。他に店内、ご覧になられますか？」

やっぱりピンクは膨張すると感じたかもしれない。全体的にバランスが取れた、綺麗な人だけど。

「あ、いいです」

彼女は遠慮がちに、手を振った。大体小さいお子さんを連れた女性は、服選びに時間をかけられないので一着そそくさと試着すると、会計へ進むことが多い。

「かしこまりました。では、レジへどうぞ」

私はレジまでご案内した。

お客様が帰った後に、少し仕事が落ち着いたのを見計らって、店長にこんな話題をふっかけてみた。

「ピンクとか、やっぱり売れないんですかねぇ……」

「うーん」

店長は少し難しい顔をしながら、首を捻《ひね》った。

「そうやなぁ……」と、しばし息を止めるように、彼女は考える。

「こんなん言うと、自惚れになるけど、まぁ、私らって普通の人よりは多分、細いほうやん」

「えぇ、まぁ……」

そこは私も頷く。

商品の中には細身に出来た洋服も多々、ある。それらを着こなさなければならないから、とりあえず自社製品が、全て余裕で入る体型でなければならない。

「一般の人は、そこまで自分のスタイルに自信ある人、少ないと思うねん。だからやっぱり膨張して見える色は太って見えるから、難しいやろ。確かにピンクは可愛い色なんやけどさ」

店長は私が思っていることと同じことを口にした。一般の人には受け入れられにくい色なのかと思うと、残念にも思う。

可愛い色だから。

でも人の好みだから、これはかりはどうしようもないけれど。

「じゃぁ、膨張させないような着こなし方を考えていきたいですね」

私の台詞に、店長は軽い口調で「そうやな」と同調する。

「やっぱり、紺とか黒とかのトップスを組み合わせるのが、一番やと思うわ」

「私、明日は、暗めの羽織りものと、そのワンピースを着て店頭に立ちます」

私はピンクも売り込みたい。女性だもの。ピンクが嫌いな女性は、多分少ないだろう。でも難しい色。女性に産まれたからには、やはり好きな色を楽しんでもらいたい。

「そう？　じゃぁ、どの羽織りものにするかお客様が途切れた時に、選んで。あんたが着たその写真も、ブログにアップしよう」

「はい！」

静かながら、気合いが入った返事をしてしまった。

2

翌日。私は、紺色デニムのジャケットを店内で見つけた。春から売っている商品だ。これは、春と秋に着られる商品ということで、値引きされていない。

定番商品だ。普通に金ボタンと、ボタンを通す穴がついていて襟もついている、普通のデザイン。着丈は五十三センチと、少し短めだ。

「これ、行けそう」

私はそれを手に取った。お値段、五千円。半額の二千五百円で社割で購入した。消費税を入れると二千七百円だ。

ピンク色のサーマルワンピースの上に、ジャケットを羽織ってみた。

「あ、似合いますね」

沢野さんは褒めてくれた。

「ありがとう」

私もこのコーディネートを気に入った。ただ、今の季節これを着るのは暑い。秋口にはぴったりだと思う。

真夏の暑い時にお客様が半袖を着ている中、私達は新商品の秋物商品を着なければならない。店内は冷房が効いているとはいえ、地獄だ。

そして春先には、寒くても春物を着て薄着をしなければならない。これで風邪を引く。

「じゃ、外で撮影してき」

店長はブルー色のマニキュアをつけた親指で、外のほうを指した。ブルーのマニキュアは店長のお気に入りのようだ。

「はい」

私はしぶしぶ外へ出る。撮影係は西野君だ。

ビルとビルの隙間からも、遠慮なく強烈な陽光は肌に当たる。暑いなんてもんじゃない。火の中にいるようだった。街路樹に張り付いている蟬は、相変わらず鳴き叫んでいる。

「うっわ、あっつー！」

西野君はまぶしそうに、上を見て目を細めた。

「うん。早いとこ写真撮って、中入ろ」

動かなくても、体の底からじんわり汗が出てくる。そんな中ポーズを取る。

西野君は街路樹の側に立ち、デジカメで私にピントを合わせシャッターを切った。

「もう一枚撮ります」

そう言うので、先ほどより少し向きを変える。デジカメのシャッターを切る音が少し聞こえた。

街行く人は、日傘をさして歩いている。少しでもこの強烈な陽光から、逃れられて羨ましく思った。私も日傘が欲しい。

写真を撮って店に戻り、いつも通り仕事をする。店内はひんやりした冷気に包まれており、少し生き返った。お客様をお出迎えする態勢に入る。

お盆に突入したからか、いつもよりお客様は多かった。しかし、なかなか商品を持ってレジへ向かってくれない。

一番商品が売れない時期だから、仕方がないがそんな時は、落ち込む。

夏物商品はバーゲンになり、かなり安く購入出来るけれど、これから季節が変わる。みんな夏物は買いつくしたのだろう。七月になると夏物は、少し値を下げる。この位の時期が一番売れるのだろう。

「よし、サーマルワンピース売り込もう」

かなり強気がこもった口調で、店長が言う。

「あ、はい」

「ブログに早速アップしたから。ほら、見てみ」

私はブログに書かれた文章と写真を確認する。

『夏も終わりに近づきましたね。でも、残暑はしばらく続きそうですね。

さて、そんな中、新作のワンピースをご紹介します。

サーマル生地のワンピース。冬、ニット素材とミックスした生地の商品のワンピースが、完売致しました。

今の時期は、袖をロールアップすると良いですね！　袖の、留め用ボタンもついています。

秋は袖を伸ばして着ることが出来ます。スタッフ、あかりんが着ているのはピンク。

可愛らしい色です。裾のボタンのところがまた、お洒落♪

ピンクは可愛いので、デートにもぴったりです。このワンピにデニムジャケットを欲張ると、またキレカジ系のコーディネートの出来上がり。是非、ミント・シトラス・アトレックス神戸店へ。スタッフ一同、皆様のご来店を、お待ちしています』

店長のまとめ具合は、感心するほどだ。店長は私がブログに登場する時は、最近『あかりん』と書くようになった。文章に、ユーモアさが滲み出ている。

売れない季節だからこそ、これを売り込みたい。彼女の瞳には火が灯っている気がした。

そんな時、お客様が二人、早速ご来店した。

見た感じ、三十歳前後のお客様だ。一人は男性。一人は女性。夫婦だろうか。

白いTシャツにロング丈のデニムのキャミソールのワンピースに、カーキ色の少し大きめのポシェット。おかっぱ頭で、ファンデーションだけ塗ったナチュラルな、飾り気のない女性だったが、顔立ちがハッキリしていた。

高い鼻と大きな瞳。凄く美人だ。こういう美人はノーメイクでも似合うのだろう。

男性のほうは赤と白のチェックのシャツに、この前、ここの店でも売り上げを伸ばした、ショートパンツ。なかなかお洒落な着こなしだ。

短髪で爽やかな顔立ちと雰囲気。とてもお似合いの二人である。

「いらっしゃいませ」

私はお二人に軽く頭を下げた。女性のほうが、私をジッと見る。

「あの、『あかりん』さんですよね？」

「さようでございます」

私は微笑んだ。めいいっぱいのスマイル。少し顔が痛くなった。でも『あかりん』に親しみを持ってくれているだけで、嬉しい。

「わぁ！　いつもブログ読んでます。今、さっきも読んだばかりで」

女性は嬉しそうに両手を顎にあて、微笑む。

「あ、ありがとうございます」

私はペコリと頭を下げた。あぁ、ブログってこんな風に売り上げに繋がっていくのだろうと、実感した。

「あの、そのサーマルワンピースなんですけど。見せてもらっていいですか？」

少し遠慮がちにその女性は聞いて来た。

「勿論です」

私は自然と心踊る。またこうやって、ブログで見たお客様は商品を求めてやってきてくれるのだろうか。

私はサーマルワンピースが置かれている場所まで案内し、四色を見せた。

「こげ茶ええなぁ。でも、ピンクええなぁ」

その女性は真剣に色を選んでいた。ご主人だと思われる男性のほうは、メンズコーナーへ移動し、西野君が対応していた。

「ピンクもお薦めですよ。私が今着ているような、ジャケットを上に合わせてもいいですし、ピンクですと、そうですね。これから秋になると、お手持ちにもしもあれば、黒とか紺のロングカーディガンを合わせてもいいと思います」

私は、商品がかかっているハンガーから、とりあえず黒いロングカーディガンを出す。春と秋に着られそうな、分厚くない程よい生地のニットのカーディガンだった。

「あ、そうなんですね。私、黒いカーディガンは持ってるんです。でもちょっと試しに全部、試着させて頂いてもいいですか？」

そのお客様は買う気満々とみて、こちらとしても久しぶりに心が弾んだ。

「はい！　ぜひぜひ」

一目で気に入って下さるなんて嬉しかった。そしていつも通り試着室まで、案内する。試着室のカーテンを閉め「ごゆっくりどうぞ」と言い、表に戻った時だった。

「結構、岡田さん女性殺しですね」

西野君がよく分からないことを言う。

「どういう意味や？」

私は、どこか馬鹿にされたような気がして、ムッとした。

「若い女の子にも、主婦にも、岡田さんがブログに出るとウケるということですよ」

西野君は男性もののTシャツを手にし、検品しながらそう発した。

「そう？」

「うん、主婦ウケって結構大事やで」

店長は帳簿をつけながら、西野君を見た。

「そうなんですか？」

「うん。女って結婚して子供産んでもやっぱり、お洒落したい生き物やん。素敵でありたい綺麗でありたいって思うのん、大事やと思うねん。そういう人の手本ってやっぱり、独身の若い子がなることが多い。そんな人らのファッションの手本になれるんは、ええことやと思う」

店長が小声で、熱弁した。その女性の気持ちは、なるほど、と納得出来るものがあった。女性はいつだって綺麗でいたい。若くありたいと思うものだから。

「なるほど」

私が納得している時に店長は少し得意な顔になり、セリフを続ける。とても楽しそうだった。

「それに、若い子のファッション雑誌なんかは、今は、三十代や四十代の主婦が買ったりするねん。だからそう言った、流行ものやお洒落なものに敏感な人に人気があるのはええことや」

店長は続けて小声で、まくし立てた。

確かに小さなお子さんをお持ちの若い女性の、ファッションのお手本は、若い女性がなることが多い。

先ほどのナチュラルな女性は満足そうな顔で試着室から出てきて、レジへやってきた。

「お疲れ様です」

私はレジから少し前へ出た。

「あの、これ、全部下さい」

満足した笑み。よほど気に入って下さったのだと、推定した。

「ありがとうございます」

私は商品を受け取った。全部というのは、この四着全部、お買い上げいただけるということだ。タグをレジの機械へ通す。かれこれ二万八千円。

丁寧に服を折り畳む。四着を手早く丁寧に折り畳むのは、時間がかかる。それを察知した、店長と西野君が畳むのを手伝ってくれた。そして一番大きめのショッパーに洋服を入れる。

ショッパーを見た時、女性の顔が輝いた。ナチュラルな可愛さの表情は静かに太陽のように、明るくなる。今までも、そんな女性の顔を見てきたけれど。

可愛い袋で良かったと心底思う。購買意欲をあげてもらえるためにも、可愛いデザインのショッパーは必要だ。

「お待たせ致しました」

私はショッパーを女性に差し出すと、受け取ってくれた。彼女の旦那さんだと思われる方は、Tシャツを購入するようで西野君がいるレジへ並んだ。

お二人の左手の薬指には指輪がはめてあったので、やっぱり夫婦だ。

「あ、結構重い」

女性は笑顔を崩さないまま、言う。重いというけれど、嬉しそうだった。彼女の旦那さんが、西野君から購入した商品を受け取りながら、奥さんのショッパーも手に持った。

優しい旦那さんだ。

3

「ありがとうございました」

スタッフ三人の声がハモってしまった。三人揃うなんて奇跡だ。

「お似合いの夫婦ですねぇ」

そのお二人が店頭から去った時、西野君はらしくないことを口にした。

「ほんまやなぁ。羨ましいわ」

店長は微笑しながら目を細める。いつからこの人はこんな、穏やかになったんだっけ。

あぁ、あの奥さん持ちの男性に片思いしてからか、と思考を巡らせていた。

「あんた、なかなかやるやん。コーディネート」

少し短く嘆息してから、悔しそうに店長は発した。けれどもその悔しそうな言葉には、優しさも込められていた気がした。

その日の昼休み。

西野君とまた二人で昼食だった。上の階の社食でお弁当を食べていた。

「あの、サーマルワンピース、新宿店が売り上げナンバーワンらしいですよ」

「えっ」

私は下品だと思いつつ、俵おにぎりを箸で刺していた。口へ運ぼうとしていた時に、聞いた。でも新宿店は仕方がない。

このブランドの中では、一番大きな店舗だし、何と言っても場所は、天下の新宿だ。日本一の繁華街なのだから。

私からすると新宿はゴミゴミしたイメージしか頭の中にない。色んな人が集まる雑多な場所だ。それなりに売れて当たり前だと、納得出来た。

「まぁ、仕方ないわな」

「神戸だって負けてられへんって、店長気合い入ってましたよ」

「そっか」

それは、分かる。何と言ってもこの街は『ファッションの街』なのだから。私も売り上げの点については悔しさを感じた。

日本一の繁華街、新宿には、敵わない。人が多いから売れる。神戸だって日本で六番目に大きな街だけれど、きっと新宿に負けてしまうのは、理解出来る。

大阪は日本で二番目に大きな街と言われている。大阪にも『ミント・シトラス・アトレックス』はあるが、神戸店のほうが売れている。そこは誇りに思う。

「でもなんで、あんなにあのサーマルワンピース人気なんでしょうねぇ」

西野君は不思議そうに腕を組み、首を少し捻った。

「まぁ、男の人には分からへんやろうなぁ」

私は少しだけ口角を上げた。あの商品のメリットは、生地の着心地のよさ。そして何と言ってもゆったりサイズで、体型を拾わないのもいい。細い人なら付属のベルトでウエストを作れば、更にスッキリ素敵に見える。ベルトはしたくない人はつけなくていいし。

それに何と言っても、シンプルなデザインなのにお洒落だから。どんな体型の人にも合うということだ。結局こういう服は、ご年配の女性からも支持を頂ける。幅広い年代の女性に愛される服は、売れるのだ。

若い女性向けの服だけを作っていては、いけないということだ。色んな年齢の人をターゲットにするべきだ。

アパレル業界は、いつも苦境だ。実際に潰れてしまった会社もある。それを考えると、切なくなる。

そんなことを頭の中で述べ、一人勝手に納得しながら食事を続ける。デザイナーはこういう服をたくさん作るべきだ、と私は思う。私達はお弁当を平らげ、休憩を終えた。

売り場へ戻ると、相変わらずいつもより、お客様の入りは多かった。

年齢もまばらだった。見た感じ、十代から五十代くらいまでそれぞれだ。そして男性客は、女性客よりも少ないけれど平日よりは、入りが多い。

(売れるといいなぁ……)

私は少しため息をついた。

「いらっしゃいませ」

張りすぎない程度の声で言う。あまり大きな声を出すのはうちの店ではNGである。他のアパレルの店舗を見ると、バナナのたたき売りでもしそうな声を張り上げてる店員がいた。白と淡いイエローでまとめた、お洒落で美人な店員さんだった。あれは逆効果だと私は思っている。お客様はきっとドン引きするから。

その店、そのアパレル会社の方針だから仕方ないけれど、売っているのは食品じゃなく、洋服なのだ。

食品のタイムセールスじゃないんだから。といつも思う。現にこのビルに入った人々は少し、引きながら歩いていた。

なかなか今の時期、レジへ向かって下さるお客様は少ないなぁと、何度も、同じことを考えながら服を畳み直す。

私達の給料には支障はないけれど、やっぱり売れないと、少し心がささくれ立つ。

そんな時、店の電話が鳴った。私の思考を停止するよう、自然に言われた気がした。

「はい、ミント・シトラス・アトレックス神戸店、佐々木でございます」

店長が対応した。多分、商品についてのお問合せだろうと、察知した。稀にある。お取り置きか、代引きで通販の申し込みだろうと、予想した。

「はい、サーマルワンピース、在庫ございます」

店長は電話口で相手に顔が見えないと言うのに、笑顔になっていた。

「はい、そうですね、当店の『あかりん』が着ていた分のお色はですね、黒も勿論ございまして。えぇ」

店長はチラリと私のほうを垣間見る。

「はい。ありがとうございます。では発送させて頂きますね。お値段ですが、代引き手数料が三百二十四円、かかります。五千円以上なので、送料は無料となります」

淀みなくハキハキした口調で、綺麗な声で説明する店長の声は、流石プロだと実感した。私達もその位の対応は出来るけれど、店長がやると、完璧に見える。

彼女のことはこの店に入って半年は、嫌な性格で嫌いだったけれど、最近私の心の中にも変化が訪れた。

店長はサラサラと用紙にお相手の住所を書いている。この人が店長に抜擢された理由も、よく理解出来た。戦略が旨い、と個人的に思う。どうやったら商品が売れるか工夫が上手だ。

最近は尊敬し始めたのも、確かだ。

「あんたやっぱり、人気店員やな」

尊敬するように店長は言う。でも、眉間には皺が寄っている。多分私が『人気店員』

であることに、嫉妬を感じているのだろう。

「前もほら、レースのタイトスカートのこともあったけど、あんたが着ると売れるんや。元々あれも人気商品やったけどな」

「そう……ですか？」

「そうや。うちのスタッフもみんな言うとるけど、あんた特別、可愛いし。そういうスタッフが、ブログで商品を着たら売れるもんや。私らがブログに載るより、売れるわ。どうや？　これから専属でブログに載ってみぃひんか？」

「えっ……」

店長の凄い提案に、戸惑いを覚えた。

スタッフは私だけじゃないのだから、店長や沢野さんも新作を着てブログに載ったほうが良いと思うのだ。じゃないとお客様からも、私だけがブログに載っていては怪しまれる。

私は、とうとうその疑問を口にしてしまった。

「どうして私なんでしょう？　店長だって、沢野さんだって美人だと思うんですが。私ばかり店舗ブログに載せるというのも、どうかと思うんですが」

「ううん。こうなったら、人気スタッフがブログに登場したほうがええわ。だってあんたがブログに載ったら、商品に反響がいっぱい、あるんやもん」

「はぁ……」

こじつけな理論に聞こえなくもないが。

「どこの店も今、ブログやインスタやっとる。好きなブランドショップのブログはお客様としても、みんな、チェックしとるからな。その中でお客様に人気の店員が着た服は、大体売れるもんや。専属でやってほしい」

「それ、いいかも」

西野君まで店長の提案に、賛成する。頭の中がパニックになりそうだ。

「やろ？　じゃぁ、決まり。『カリスマ店員』として頑張って。売れる商品はとことん売ってそれに便乗して、なかなか売れへん商品も着てもらうで」

私が戸惑っているうちに、どんどん話は進められて行った。

翌日から私は、なかなか売れない商品も同時に着ることになった。今、私が着て店頭に立っている『制服』は、赤いドルマンニットに、デニムのワイドパンツ。

デニムのワイドパンツは流行とされているが、うちの店舗ではなかなか売れない。

サーマルワンピースはよく売れるが、他の店舗に負けないくらいの売り上げを伸ばしたいため、三人のうちの誰かがこのシーズン中は毎日必ず、交代で着ることになった。

今日は店長が着ている。色は黒だ。黒は黙っていても売れるけれど、あえてそれを着るのは、色は四色と限定されており、それを交互に着こなし売れる商品ももっと売ろうという魂胆である。

これも、マーケティング。うちのブランドは全国に何店舗か展開しているが、人気のサーマルワンピースの売り上げがナンバーワンの店舗は、臨時ボーナスを出すことになった。

だからスタッフも自然に気合いが入る。今月の売り上げは、うちの店舗は二位だった。一位はやっぱり新宿店。

神戸店が勝っている月もあるけれど、新宿店と売り上げは争う。臨時ボーナスのために、スタッフの瞳にも野心がこもる。他店舗のようにバナナのたたき売り状態にはせず、上品に上手に、しつこくなりすぎずお客様にアピールしなければならない。

4

お盆休みも世間では、終わりに近づいた。Uターンラッシュが始まる。それでもずっと地元で育った人もいるだろうから、そういう人が店を訪れるだろう。

「そういえば、岡田さんのお父さんとお母さんは、学校休みでしょう？　どうしていらっしゃるんです？」

私も故郷がない。うちの両親の職業を知っている、西野君は尋ねてきた。

「あぁ、たまに学校に行くこともあるけれど、休みもある。今日なんかは、休みやったと思う」

そう答えると西野君は「そうですか、いいですねぇ」と生ぬるい返事をした。

私は最近、両親とあまり顔を合わせていないことを思い出した。休みの日は勝手に家で何か作って食べているし、朝、起きた時には二人共出勤している。

そんなことを思い出していた時「あの」と、女性に話しかけられた。見た感じ五十代半ば位だろう。ショートカットに近いおかっぱで、少し白髪交じり。

髪の色は少し茶色いので、染めているのだろう。私の母親とそんなに変わらない年代だ。

半袖の紺色のブラウスに、濃いグリーンのロングスカートを着こなしている。大人っぽい落ち着いた感じの服装。なかなかお洒落である。

「あ、はい、いらっしゃいませ」

そうだ。今は仕事中。ボーっとしていてはいけない、と自分に言い聞かせ、笑顔で応答する。

「なんかこう、ワッフル生地みたいなワンピースが人気やて聞いたんやけど」

「サーマルワンピースのことですね。ご案内致します」

内心凄いと思いながら、トップス類などが置かれている部分を通り、ワンピースの売り場まで案内する。やはりサーマルワンピースは、シンプルなデザインで体に負担なく出来ているから、色んな年代の方に人気なのだと、改めて実感した。

「お色は、四色ございますが」

私は一着ずつ、丁寧にお見せした。するとその女性はうーん、と言い、黒とこげ茶を選んだ。

この年代の方には、そういう落ち着いた色のほうが良いなのだろう。なぜか身震いする程、嬉しかった。ご試着までご案内した後、店長に報告した。

「やりましたよ。また売れそうですよ」

ご年配の女性が選ばれたことを、早速伝達した。似合わないなど、思っていたのと違ったからと買うのをおやめになることも想定内にはあるが、でもお買い上げ頂けるのではないかと、期待していた。

「へぇ、やったやん」

店長が少しまた、ガッツポーズをとる。

そんな時、間もなく試着室から先ほどの女性が出て来た。

「両方！　黒もこげ茶も買います！」

少し勢いよく嬉しそうな口調で言うその女性。着てみて満足されたのだろう。きっと似合っていたのだと、予想する。お客様の中には試着した時点でスタッフに、意見を求めるため、見せてくれる人もいるが、恥ずかしがり屋さんのお客様は、試着するとすぐに脱ぎ、レジへ持ってこられる人もいる。

人それぞれだ。

「ありがとうございます」

レジにタグを通している間、店長が綺麗に商品を畳み、手提げバッグに入れてくれた。

「へぇ、紙袋、可愛いんやねぇ」

上品な神戸の方言で、その女性はゆっくりと紙袋を受け取った。

「ありがとうございます」

そうか、やはり私から見てご年配の女性でも、やはり可愛いショッピング袋を見ると、嬉しく思ってくれるのだと思うと、こちらもまた嬉しい。

やはり女性はいくつになっても、どこか少女のような一面も心の片隅に残っているものだ。そんな女性を私は可愛いと思う。洋服をお買い上げいただいた時の、嬉しそうに女性達の静かに刻む笑顔が、私は相変わらず好きだ。

それから三日後の休日の翌日。勤務が終わると私は店長に誘われ、二人で商業施設に入っている和食の店に入った。隣はパンケーキのお店。夜だけど、そちらのほうが客入りが多かった。明石や姫路の名物である、穴子丼を注文すると、店長もそれにするという。

「あのサーマルワンピース」

店長は運ばれて来た、冷たい麦茶に口をつけながら切り出した。

「あ、はい」

「全店舗で、一万枚売れた」

「え！　嘘！」

思わずやや大きめの声が出てしまい、ハッとして手を口元に当てた。とんでもない数字に驚いた。

「うちの店も今日で完売や。発注しとるけど、生産が追いつかんかもしれへん」

店長は真剣な顔で教えてくれた。今までなかった数字に私は口を半分開けたまま、呆気にとられてしまった。

まるで馬鹿みたいに見られているかもしれない。

「とにかく大量に注文しとるからな。沢野さんにも、河合君にも西野君にも言うたばっかりなんや。入荷するまで時間がかかるから、お客様が来た時に対応お願いな」

「あ、はい、分かりました」

売り切れの商品を私達は着られないから、当分、あのワンピースを着られないことは残念に思った。

そんなに人気だったのか、と、私は感動と驚きを一度に覚えた。何でそんなに火がついたのだろう。元々人気商品だったけれど。

人気商品は、更に人気度がアップしたということだろうか。

「一体何があったんですかねぇ」

「まぁ、ブログやろな。あちこちの店舗のスタッフが、あのワンピースを着てブログにアップしたってのもあると思うねん」

「そ、そうでしたか」

納得した。やっぱりネットの情報は凄いのだと思う。そんな中、あなご丼が運ばれて来た。

黒いどんぶりの中につやつやの白いご飯、綺麗な細長い穴子の上に、光ったタレがかかっている。ご飯は、兵庫県産のキヌヒカリ。穴子は、明石で水揚げされた、穴子なのだそうだ。これに茶碗蒸しと、吸い物と、お新香がついていた。

「おいしそうやな」

店長が嬉しそうにどんぶりの中を眺める。また柔和な顔で戸惑いを覚えた。

ここ半年で、恋のこと以外で何か店長に変化があったのかな？　なんて過ったが、何となく聞き辛い。

「頂きます」

何があったのか聞けないまま、私はどんぶりをかき分けた。鰻よりあっさりしていて、濃厚でパリッとした食感の穴子。甘ダレとよく合う。山椒もかけてみたら、また違うおいしさが滲む。

「でも、まぁ、アレや。他の店舗の中も合わせても、うちの店舗が一番最初にあのワンピースをブログにアップしたんや。あんたが着たやつな。その後続くように、他店のスタッフも着てアップしたら、更に人気になったってことや。でも一番初めに着てネットに取り上げたんは、うちの店やし、岡田さんやし」

店長は最後の部分を誇らしげに、強調する。

「あの、売り上げのほうはどうなんです？　他の店舗より勝ってますか？」

すると、急に店長は、表情を一変させた。若干、苦虫を噛みつぶしたような顔になる。

「売れとるけど、あかん。あと、もう一歩で新宿店に勝てるんやけどな」

「えー、じゃぁ、頑張りましょうよ」

心に痛恨が滲む。新宿店に勝ちたい。臨時ボーナスのためにも、店の売り上げのためにも。私はついつい言葉に力が入ってしまった。

「うん、がんばろ！」

店長は相変わらず大好きなブルーのネイルをした手で、箸を持った。その色が一層今の季節に合う。

店長は私のことを、容姿が優れているというような言い方を、この前していたが、バストは私のほうがあるけれど、ウエストは私よりも細い。メイクの仕方も上手だ。

私はメイクがなかなか上手くならない。へたっぴなのだ。

なんて言ったらいいのだろう。店長には華がある。ただの美人じゃない。どういえばいいのだろう。語彙が足りない私には、言い表せないのだが。

サーマルワンピースも店長のほうが似合っていた。背も高く、モデルのようだし。

翌日。サーマルワンピースの問い合わせをした、三人のお客様が店頭を訪れた。電話でも二件問い合わせがあった。

その日だけで予約が五件。

「思った以上に凄い売れ行きやなぁ」

店長はそう言い、ＰＣの帳簿で計算しながら呆気にとられていた。レジ横で伝票をめくっている。ネイルが好きな店長の指には今日はグレーが塗られたネイルに、金色の指輪が人差し指にはめてあった。

「多分入荷してもすぐに売れるし、あっという間に店舗からなくなるやろな。予約って形にこれからなるやろな」

「あ、やっぱりそうなりますか」

予約と言う形になっても、これはきっと売れるのだろうと、予想。

それから店頭には、サーマルワンピースは消えた。完売してしまい入荷まで少し時間がかかることになったので、予約になってしまった。完売してしまった商品だと私達は着てはいけないことになってはいるけれど、今回は特別だ。

予約でどんどん注文出来るため、宣伝のために着ても良いことになり、今も三人の女性スタッフ交代で着ることになった。

入荷する度、お客様に電話をおかけすることになる。

「大変やと思うけど頑張るしかないな」

店長は真面目な顔で言う。

その日。そろそろ勤務が終わろうとしていた三十分前。

滑り込むように、ＯＬ風の女性が訪れた。ベージュのタイトスカートに半袖フリルのシフォン生地のシャツ。オフィスにもバッチリなコーディネートと言えよう。

「いらっしゃいませ」

私は少し距離を持ち、頭を下げる。

「あの、楽に着られる服ありますか？」

「そうですね、これなど、いかがでしょうか？」

私は言いながら、カタログを見せた。

「今、人気のサーマルワンピースでございます。全体的にゆとりがございますので、体に負担がかかりません。お袖のところは、ロールアップになっていまして、今も着ることが出来ますし、秋はこのお袖のロールアップを落として着て頂くことも出来ますし、少し寒くなってきたらジャケットを羽織っても良いと思います。それと、片側の裾の部分に、リングドットボタンがついておりまして、お洒落なデザインになっております」

今から初秋まで着られることをアピールしつつ、お客様に説明した。

「あ、いいですね、それ。ボタンのところも可愛いですね！」

彼女はヒビ割れした指でカタログを持ち、食い入るように見る。何か水仕事をしているのだろう。夏なのに手が荒れている。

「はい。しかし、ただ今、大変人気の商品でして、完売しております。お取り寄せになるため、おそらく一週間ほど、お時間頂いてしまうのですが、お薦め致します。着心地も楽ですし」

私が説明すると、彼女は少し逡巡した様子だった。十秒程の沈黙の後、決意してくれた。

「そんなに、人気なんですか？　じゃぁ、これ、予約します！　こげ茶と黒！」

「ありがとうございます。こちらへどうぞ」

私はレジへ向かい、商品の予約表の伝票を出した。これに品番、品名、色などを書くようになっている。店長と同じ雰囲気を持つ、怜悧そうな美人だった。

アクセサリーはシンプルなネックレスのみだったが、それもまたお洒落に感じる。

薄いメイクに赤リップが似合っていた。目も綺麗な切れ長だった。

「ありがとうございます」

私は伝票に記帳していった。値段を告げようとした時だ。

「あの、このワンピースに似合う、羽織りものってどんなものがありますか？」

なんと、上に羽織るものまで購入して頂けるというのか。私は嬉しくなり、その売り場までソワソワした気分を隠しながら、案内した。

「これから秋になりますからね。黒ですと、こちらのデニムジャケットも合いますし、茶色にも合いますし、ブルーのカーディガンも良いと思います」

私はロングカーディガンのブルー色と、デニムジャケットを見せた。彼女は、デニムジャケットを羽織った後、ロングカーディガンを羽織る。

「あ、デニムのほうがいいかも」

声に嬉々とした、弾んだ色がこもる。

「そうですね、どんなお色にも似合いますので、お薦め致します」

「『あかりん』さんがそう言って下さるのでしたら、デニムジャケットにします！」

と、キュッとデニムジャケットを握りしめた。

5

「ありがとうございます。レジへどうぞ」

私はレジまでまた、ご案内した。『あかりん』か……。私のニックネームもすっかり定着したことを実感した。そして多数のお客様が、この店のブログを見ていて下さっていることもよく理解した。

「本日のお値段、八千円になります」

レジを打つと、その女性は財布から一万円札を取り出した。二千円のおつりを手渡し、商品を淡い色のショッパーに入ったものを手渡す。

「私に似合う服を選んでくれてありがとうございます」

彼女は律儀に頭を下げて、小走りで急ぐように走って行った。

そんな風にお客様から、お礼を言われたのは初めてだった。

一週間後の子供達の夏休みも終わりに、近づいた頃。日中は強烈な暑さでも、朝と、夜、若干爽やかな風が街路樹の葉を揺らした。

サーマルワンピースを注文したお客様が、取りにいらっしゃった。彼女と同じくらいの年の女性を二人連れて。同僚だろうか。

「あの、彼女らもサーマルワンピース欲しいって言うんで、注文したいと言うから連れてきました」

ニコニコ顔のお客様。

「ありがとうございます！」

彼女の友達か同僚であろう女性に、注文の予約票を記入してもらう。それぞれピンクとこげ茶。そして追加で二人とも黒も予約してくれた。

例の彼女、私が薦めたサーマルワンピースを、同僚の仲の良い女性に話題にすると二人も、欲しいと言ってくれたようだ。やはり、ボタンの部分がアクセントになっていて、可愛いと評判だった。

奥で店長の顔が華やいだ顔になる。

「ありがとうございます。また一週間後にお待ちしています」

私は、三人が退店する際、見送った後に、店長が、お客様が途切れた店内でこっそりガッツポーズを取るのを目にした。

「やった！　岡田さんのお陰やで。あの人にサーマルワンピース薦めたんが良かったんやな！　さっきの二人の注文分で、新宿店に勝った！」

通行人のお客様に聞こえぬように、耳打ちするように教えてくれた。

「えっ」

嬉しさのあまり、語尾にハートマークがたくさんつきそうな程、嬉々とした声になる。

背後で今度は西野君が、他のお客様に聞こえぬよう、小さな弾んだ声を出す。

彼もやはり嬉しいようだ。奥でメンズの服を畳みながら、河合さんも笑顔になっていた。

サーマルワンピースに合う、羽織りものも一緒に売れ始めた。

Apparel Girl Chooses
Your Clothes

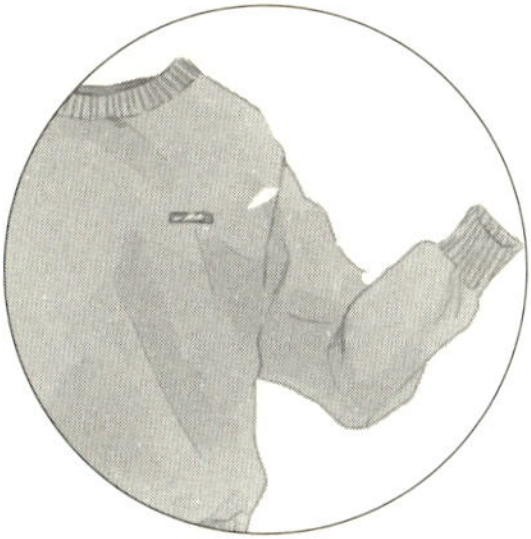

ユニセックス
トレーナー

Unisex sweatshirt

1

蟬の鳴き声がミーンミーンから、ツクツクボウシに変わり始めた。朝と夜だけ、ほんの少し暑さがマシになってきた。暑さだけは取り残されたものの、雲が高くなったことは、もうすぐ夏が終わることを意味していた。

この季節が私は寂しく感じる。夏は暑くて鬱陶しいけれど、終わると寂しい。秋はまだいいけれど、その向こうの冬が待っているから。

そんな中、サーマルワンピースの注文は相次ぎ、嬉しいことに臨時ボーナスは神戸店がゲットすることが出来た。スタッフ一同、狂喜乱舞だった。

頂いた額は、五万円。結構大きな額だ。

(これで、何を買おうかな)

考えるのも、楽しい。

しかし普段のお給料が高い訳ではないので、そんな贅沢していられないのだが。

そんな中、秋物商品が徐々に入荷しだした。しかし、今の時期入荷するのはほんの短い間しか、着れない商品が多い。

秋が深まり、寒くなると着られない商品だ。よっぽど、デザインに優れていないと売れないのが切ない。

そんな中、ちょうどいい商品が入荷した。オーバーサイズのトレーナーだ。これだと、夏以外、全てのシーズン着られる。色は、黒、ベージュ、グレーの三色で、首元はクルーネックになっている、シンプルなデザインで、特に特徴はない無地。

「これ、男女兼用やで」

店長が、入荷したパッキンを開けながら言う。所謂『ユニセックス』と言われる商品だった。

男女区別がなく、男女着られる服のことを言う。ユニセックスの商品は、男女、どちらからも人気が高い。

女性が着ると身長にもよるが、ちょうどヒップより下の長さになり、男性が着ると腰より少し下に丈が来る、トレーナーだ。

男性が着ることも考慮して、割と大きめに出来ているので、女性なら、そのままゆるく着るのもよし。ベルトを巻くのもよし、の商品だ。

男性なら、そのまま着てちょうどいい。

「いいですね！」

男性にも女性にも着てもらえる服。売れそうだと感じた。

「そうや、今日はさ、西野君と岡田さんが一緒にブログに載って」

店長は一つ提案を出した。店長の出した提案は反響を呼ぶ。だから逆らうなんてもっての他だ。

「はい」

私は西野君と一緒なんて少し嫌だなと思いつつも、甘んじて折れることにした。

「カップルにピッタリなコーディネートのご紹介ですって、ブログに載せてみよう」

「えーっ」

それだけは、勘弁だ。お客様からカップルだと思われたらどうしよう。それに西野君は恋人じゃないし、これから付き合うことなんて、あり得ないから。

「大丈夫やて。他の店でも『カップルコーデ』ってブログで紹介しとるやん。男女のスタッフが並んでさ」

店長はパタパタと手を振る。それはそうだけど。

しぶしぶ私は西野君と、店長と一緒に外へ出た。今日の撮影係は、店長だ。西野君はというと、特に嫌がることもなく、いつもと変わらない。

どうでもいいのかもしれない。何を考えて居るのか、理解が出来ない子だ。

きっと、私と言う人物に興味がないのだろう。西野君は両手をジーンズのポケットに手を突っ込み、呑気に歩いて外を出た。

残暑はしっかり残っているものの、いつもの暑さとは若干違った。暑さの中に少しムシムシした感じが、消え、初秋の日差しが含まれていた。

街路樹の銀杏の木を見上げる。綺麗な緑色の葉は煌々と輝いており、秋に黄色へと変化し、葉を落とすまで準備をしているように見えた。いつものビルの壁の前で、程よい距離を保ちながら『似非《えせ》カップル』を演じる。コンビニで買ったサンドイッチを笑顔で西野君に、渡すシチュエーションで撮られた。

雑誌の撮影じゃないのだから、そこまでしなくても良いけれど、仕方なくその通りに行う。

いつも通り二枚、店長が写真を撮った。店頭に戻り、店長は早速今撮った写真を、アップした。

「よし！」

満面の笑みと、どや顔の店長。実は店長のどや顔は、私は嫌いじゃない。

面白いし綺麗だ。美人のどや顔はまた絵になると思った程だった。

『ミント・シトラス・アトレックス　神戸店

皆さん、いかがお過ごしですか？　そろそろ秋も近づいてきましたね。

今回は秋にピッタリの、カジュアルなカップルコーディネートをご紹介します。ユニセックスのトレーナー。男女兼用です。お色は黒、ベージュ、グレーの三色ございます。女性の方は、ベルトを巻いてチュニックにすると可愛いですね。下にパンツを穿いてもOK。

男性の方はそのまま、着て頂けます。どんなボトムにも合います。是非お越し下さい。お待ちしています♪』


文章の下に、私と西野君のツーショット写真が、掲載された。

しかし結局、その日はトレーナーは一枚も売れなかった。こういう日もあるさと、自分を窘《たしな》める。

今までが上手くいきすぎたのだ。商品を私が着てブログにアップする度、売れる。そんな簡単な構図がいつまでも続く訳がない。今まで運が良かっただけだ。

本来なら、ブログにアップしたからと言って、必ず売れるとは限らないのだから。

(仕方ないな。でもこればかりは、人の好みだからどうしようもないよね？　分かってる。でも……)

私は自問自答しながら、モヤモヤしていた。

その次の日も、その次の日もこのトレーナーは売れる気配がなかった。いつもの戦略はもう、使えなさそうだ。結局、男性客に一着売れただけだった。

その後もこのトレーナーは売れなかった。少し戦略を間違えたか。

「女性に売れへんのは、ワンピースにしたら丈が短いからかな」

店長は着丈をメジャーで測りながら言う。着丈、八十八センチ。チュニックにして着る分には十分な長さだ。でもワンピースなら、ミニ丈になってしまう。

学生なら買うだろうけれど、社会に出ている人や、結婚して子供がいる人はミニ丈は穿かない人が多い。

「チュニックって最近は売れへんようになっとるからなぁ」

「やっぱり、そうですよね」

同調しつつ、その理由は分かっていた。チュニックは十年以上前に流行ったが、今はあまり売れなくなってはきている。

出始め当時は、完売することもあったが、今は当たり前の商品として定着している。

「ワンピースはやっぱり、ロング丈のほうが売れるんですよね」

「そう。中にレギンスやパンツを穿かなくてええから、お腹を締め付けることがないねん。ノンストレスで着られるから、ロング丈のワンピースのほうが売れる」

私も店長の意見は、同調出来た。女性は、毎月、生理がやってくる。

生理中はお腹を締め付けない服を着たい人も多い。そんな時、ロング丈のワンピースはぴったりだ。

足を出したくない人も比較的多く、そういった人にもロング丈のワンピースが売れる。

例のサーマルワンピースがその例だ。丈もロングの中でもマキシ丈で、足を出さずに体に圧迫感を与えず着られるから。

暑い日にお腹やお尻を締め付けなくても済む。まだまだ残暑は続く。

「うーん。寒くなったら、チュニックも売れるんやけどな。パンツやジーンズの下に穿くと暖かいから」

「ですよね」

今の時期、この商品は売れないかもしれない。夏以外のシーズンは着られるというのに、少し残念な気持ちになる。

これがもう少し売れるのは、残暑が終わった後なのではないか。

私の予想は当たった。この商品はなかなか売れなかった。そんな月もあるさ、と呑気に構える。

周囲のパティスリーの店には、ついこの前までは、マンゴーや桃を使ったケーキが販売されていたが、いつの間にかサツマイモや、モンブランなどの季節限定の商品が置かれるようになっていた。

全国に展開している珈琲チェーン店ではまだ暑いのに、期間限定のコールド商品が、減りはじめていた。

季節の変わり目に敏感なのは、アパレルだけではなく、ケーキ屋や飲食店も同じだ。

九月初めになり、ジーンズが売れ始めた。店頭には夏物商品はほとんどなくなっていた。

夏物セールで売れ残ったものは、本部に返すことになる。

本当に洋服は『ナマモノ』だと改めて実感した。食べ物と同じ位、賞味期限が短いことも覚えておかなければならない。

2

レディース物は七分袖のブラウス。薄い生地のニットやカットソーなどが入荷し、色合いもすっきりした色から、黒やブラウンやワイン色が少しづつ目立ち始めた。

ボディにも、薄手のカーキ色のジャケットを羽織らせ、濃いベージュ色のプリーツスカートに、ボーダーのカットソーを着せた。でもこれも来月頭には、バーゲン品になるだろう。

マネキンにアクセサリーをつけている時だった。今日は店長と、西野君が休みだったな、と頭の中で整理していた時だ。

「大変ですよ！」

沢野さんが、出勤するなり慌ただしく告げる。

「どうしたん？」

河合さんが驚きつつも、呑気な声で沢野さんに聞いた。

「店長、プレスになるらしいです！」

「えぇっ⁉」

私と河合さんの大きな声が、フロアに響き、真向いの店舗の従業員が、こちらを一瞥してくる。金づちで大きく頭を打たれたような強い衝撃を受け、呆然とした。

店長の様子が最近、ウキウキしていたのはこれが理由だったのか。

（プレス……）

喜ばしいことだ。プレスとは、アパレル業界の中で最も人気の職種だ。求人自体も少なく、なりたい人が多い。狭き門だ。仕事内容は、広報が主だ。商品の宣伝を担当し、雑誌などのメディアに向けて色んな方法でアピールする仕事だ。ファッション誌にうちの商品が載っているのも、プレスの人のお陰と言える。

稀に未経験の求人もあるが、うちの会社は経験を問われる。これも店やブランドによって、違う。

他に新作の資料やカタログを作り、雑誌と組んで広告の企画を進めるのも仕事。更にはモデルやタレントに、自社商品を貸したり、イベントやファッションショーの企画を担当したりなど、多岐にわたる。マスコミに自社製品を上手く売り込み、売り上げを伸ばさなければならないという、責任も問われて来る。

私は寂しい気持ちになった。最近の店長は嫌いじゃなかったから。良いところも滲み出て来て、優しく穏やかになってきていた。ブログでのアピール方法が上手だとつくづく感じたし、マネキンのコーディネートも上手い。

私を『題材』としてブログに使ったが、いい成果となってくれて、有り難かった。

大きなショックを受けてしまい、その日は食欲がなかった。それでもお客様の前では笑顔でいなければならない。笑顔は絶やさなかった。この仕事の辛いところは、悲しい気持ちでも笑顔でいなければならないということだ。大きな失恋をしたとしても、だ。

どんなに辛くても悲しみを刻んだ顔で、店頭に立ってはいけないということだ。

勤務が終わり外へ出ると、少し日没が早まり始め、空が葡萄色に染まろうとした神戸の街を歩く。ビルから漏れてくる光が街の中を灯し、キラキラと輝く。墨で塗りつぶした空の色よりも、葡萄色の空のほうが好きだ。今、高層ビルからこの景色を見たら、ため息が漏れそうな程、綺麗だろう。この街は、『夜景の街』だ。

私は神戸の百万ドルの夜景が大好き。今日見る景色は、全て色褪せて見えた。

街行くたくさんの人の群れ。帰宅を急ぎ、三ノ宮の駅へ向かう。いつもの光景。

「岡田さん、ちょっと、お茶せぇへん？」

沢野さんが声をかけてきた。

私は、黙って頷いた。沢野さんと『磯上通』を一緒に歩いた。雑多なビルが建ち並ぶ通り。角にあるスターバックスはいつも満席で有名だ。そして今日もそうだった。スターバックスの前を通り抜けると、色んな飲食店が視界に入る。和食からイタリアン、何でもあり、だ。何か食べたい気分ではなかったので、またやはり、スイーツが良いと思った。

それは、沢野さんの意見もあるけれど。

「何が、食べたいです？」

沢野さんは、年下の私の意見を優先させようと思ったのだろう。優しい問いかけで、尋ねてくれた。

「そうですね、ケーキ……、かな」

遠慮がちに回答した。もしかしたら沢野さんはご飯が食べたいかもしれない。もしそう答えたら、沢野さんに合わせるつもりでいた。

「うん！　賛成」

だけど沢野さんは、私の意見に同意した。

沢野さんと私は、外観が赤レンガの基調のパティスリーへ向かった。本当にスイーツの街というだけあり、パティスリーは充実している。

中へ入ると、目の前に大きなショーケースの中のケーキが視界に入った。季節なだけに、カラフルというより、こげ茶色を使ったスイーツが、綺麗に整列されている。時間が時間だけに、売れてしまったのか、ケーキの数は少なかった。

この時間に来店すると、どこのパティスリーもそんなものだ。

イートインスペースは、茶色の床に、ワイン色のテーブルとイスが全部で五席程。端のテーブルでは、ＯＬらしき女性が一人でケーキを食べていた。

ケーキを食べようと思ったが、イートインではここの店舗の限定のパフェがあるとのこと。ここのケーキショップで不要になったスポンジケーキの端切れが、コーンフレークの代わりにパフェに使用されており、バニラムースなども入っているそうだ。

メニューを見る。今、限定の巨峰パフェの写真を見てこれに決定した。彩りが綺麗で、見た目も可愛いし、おいしそうだ。

千二百円。ドリンク付きで千四百円。まぁ、なかなかのお値段ではあるけれど私も沢野さんも、これに決定した。

「そうや、これ、店のブログにアップしようか」

「あ、いいですね」

沢野さんの提案に、私も賛成した。商品ばかり載せて、商業用ブログになるとどこか重苦しくなる。スタッフ同士でこうやってお茶を飲んだり、食事をしたり。そういう光景も載せると、お客様から反響があるだろう。前に、西野君が言ったように。

私達に親しみを持ってくれたらそれも、嬉しい。店員に注文してから、沢野さんは居住まいを正した。

「なぁ、岡田さん。岡田さんは、店長がプレスになるん、ショックやった？」

ついさっきまで、敬語を使っていた沢野さんだがなぜか、少し砕けた口調になっている。

私のほうが年下だから、敬語抜きの言葉で、話しかけてくれるとホッとするのだ。

私は「はい」と小声で首肯した。そんな自分の態度を今、私は、幼いと思った。

(子供みたい。私って……)

「私もさ、最初店長嫌いやった」

今度は彼女が小声で言った。少し顔に苦笑いや悲しげな笑いを浮かべる。でもそれは、同感。だから私もついつい「ですよね」と同調してしまったのだ。

「でも、最近の店長が変わったんは、いろいろあったからなんやなぁ」

沢野さんがそうつぶやいたところで、パフェが運ばれて来た。

目の前に置かれたパフェ。上の部分は惜しげなくギッシリ巨峰が生クリームの上に載せられていた。パフェのグラスの中は、アイスやバニラムース、スポンジケーキの端切れ、それに葡萄のジュレなどが交互に入っている。写真以上に、綺麗な宝石のような美しさだった。食べるのが勿体ない。神戸のパティスリーに相応しいパフェだった。

「岡田さん、写真撮ろう！」

「あ、はい！」

私は沢野さんの隣に座りなおし、パフェのグラスを持ち、沢野さんが上にあげたスマホに向かって、二人でニッコリ微笑んだ。女同士でリア充しています。という感じが醸し出されている。

けれど、現実はちょっと違う。これからきっと重い話になるのだろうな、と思いながら、自分の位置に戻りパフェの葡萄を頬張る。

「うわっ、おいし」

一気に萎んだ心に花を咲かせてくれた気分だった。酸味の後に、甘さが残り、みずみずしい。きっといい巨峰を使っているのだろう。クリーム類を口に入れてみると、雑多な幸せが広がる。

パフェは『トライフル』に似ているし、フルーツとクリーム、アイスという組み合わせは、見事なマリアージュだ。

「うん、ほんま、おいしいわぁ」

沢野さんも、乙女顔で同調した。スイーツは、乙女が悲しい時に食べると元気をくれる、魔法の食べ物だ。

「さっきの話やけど」

「あ、はい」

私は真剣に視線を沢野さんに向けた。

「店長を笑顔で、送り出してあげよう」

思いがけないその意見には賛成だった。私は思いっきり頷く。

俯いたまま、視線をパフェに転じまた、ホイップとアイスを頬張る。

「私も最初は……。店長苦手でした……」

少し、声を振り絞った。苦手というより、嫌いだった。きつくて、怖くて。

何人も彼女のせいで仕事を辞めた。私も何度辞めようと思っただろうか。毎日延々と繰り返す接客の仕事。

華やかな洋服に囲まれていても、仕事は地味だった。『制服』と言う名目で、毎月洋服を買う。それを着て店頭に立つ。割引はあってもたくさんの数を買わなければならないから、財布に響く。

あまり売り上げがよくない時は、私達従業員もいつもの月より、売り上げに貢献した。孤独に感じていても、笑顔で立っていなければならない。足がむくんで痛くなっても、笑顔でいなければならない。

店長は女王様だった。いつもきれいでうちの店のトップ。皆のまとめ役。いつも、棘を持っている。でもあれ位きつくて、テキパキと動けて対応出来る人じゃないと、店長職は務まらないと思ったのも事実。

やっぱり店長はあの人でなければならないと、思った。

「店長、きっと東京に行くことになると思うで」

「………。そうでしょうね」

この会社の本社は東京にある。プレスとなると当然、そうなるだろう。

「あの人が選ばれたってことは、運もあるかもしれへんけど、センスもあるからやろうと、私は思うねん」

沢野さんの意見と私も同じ。私もこくん、と頷いた。最初から店長はプレス職を希望していたのだろう。

「私らの仕事ってさ、結構、人の入れ替わり激しいやん?」

また私は、こくり、と頷く。幼い私は今はそれしか出来なかった。頭が回らない。服は買わされる。月の売り上げ目標ノルマはある。足はむくむ。職場の人間関係は複雑なところが多い。

そんな職場で続く人は少ないだろう。

「いずれ、私らだってどうなるか、分からへん」

沢野さんの恐ろしい言葉は、チクッと私の心を刺したがその通り。反論の余地はない。

「いつまでも、私らだって若くないしなぁ」

その言葉も上乗せで、突き刺さる。そう。私だって今、ハタチだけど何歳までこの仕事を続けられるか。

ミセスの商品も売ってはいるけれど、ヤング商品のほうがより多く取り扱う以上は、店員には若さを求められる。

「だからさ、いつか別れが来るってことやん……」

寂しそうに言いながら、ゆっくり沢野さんはスプーンでパフェのアイスをすくった。

「ですよね……」

私もいつ辞めようか、そればかり初めの頃考えていたっけ。でも結局辞めなかった。一番の大きな理由は洋服が好きだから。

それに学のない私が辞めたら、次の仕事がすぐに見つかるとは限らない。お洒落が大好きな私の取り柄は悔しいけれど、他にないという結論にたどり着いた。

そしてなんと言っても私はやっぱり、全てのアパレルメーカーの中で『ミント・シトラス・アトレックス』が大好きだから。今の私から洋服を取ってしまったら、何も残らない。

他のアパレルの店舗で働こうと思っても、同じような構図が目に見えていた。

いつもいつも、心はささくれ立っていたけれど、最近の店長の態度で店の空気が和やかになった。私達は最近、毎日が楽しかった。この前までは、通勤時、嫌だと感じた時、お腹が痛くなったりすることがあったが、最近はそれも全くなくなった。

いつの間にか新商品が入荷する度にドキドキする、恋に似た感情を抱くようになった。これをどうやってお洒落にコーディネートし、アドバイスし、お客様に喜んでもらえるか。それを重点に考える。

いつか私にも店員としての『賞味期限』が、やって来るのだろう。その日まで私は頑張りたい。大好きな洋服に触れながら。

私の心に変化が表れたのも事実。

「店長に何か、贈り物しようか」

名案を沢野さんは出した。

「そうですよね！」

私はやや、熱くなった目の奥からこぼれそうになる涙を、パフェのアイスと共に飲み込んだ。そして水で口の中を潤す。

私の中ではいつしか店長は『棘のある女王様』から『綺麗なお姫様』に変わっていたことに気がついた。いろいろ話し合った結果、ティーカップのセットと、花束を贈ろうということに決定した。

翌日。朝の軽い清掃の時間。店長の態度はいつもと変わらなかった。店長は例のユニセックストレーナーをボディに着せていた。

左側には黒いトレーナーを着せ、下は紺色のジーンズを穿かせボディの腕には、最近うちの店からも発売になった腕時計を巻いていた。

マネキンの腕は人の腕より細いため、ピンを使ってボディの腕に貼り、留める。

右側は、レディースコーディネート。同じく黒のトレーナー、そして茶色の前ボタンがついているロングスカートを穿かせ、最近こちらも発売になった、茶色いポシェットを肩から提げていた。

秋のはじめらしいコーディネートだった。このバランスは春でもいけるだろう。

シンプルだけど、カジュアルでセンスがいい。グリーン色のストーンが主張されたペンダントがまた引き立って、お洒落に見えた。

じっとそのボディを離れた所から眺めていると、店長が駆け寄ってきた。

「おはよう」

「素敵ですね」

私はボディ全体を見て言った。洋服が売れるコツは、ブログだけではなく、ボディもある。それぞれスタッフのセンスも問われる。

例えばブログで紹介する場合も、スタッフの着画があるのとないのとでは、全然違う。ただ商品を並べて写真を撮っただけでは、売れないこともよくある。よっぽど人気商品じゃないと、難しい。

やはりスタッフが着るのが、お客様にどんな洋服なのか、一番に理解してもらえる。なのでうちはブログでは、商品を並べて写真を撮るだけという、宣伝の仕方は絶対にしない。

「頑張ってこれも、売らなあかんな。今回、ブログだけじゃ売れへんかったから。もう少し、寒くなってきたら売れてくるようになるんやけどな」

店長は脚立を手に持ちながら言う。店長の顔色に何の変わりもなかった。

「あの、店長」

私は緊張を伴う、小声で切り出した。

「ん?」

変わりない笑顔だった。

「プレスになるって本当ですか?」

彼女は途端、笑顔だった顔を曇らせた。何で知っているの? という表情は緊張でいっぱいで、頬が強張っている。そして寂しそうな顔。

その顔色は首肯を意味していると見た。

「うん……」

小さく頷く店長。やっぱり、そうだったのか。

「おっしゃって下さればよかったのに」

私は萎んだ声で言う。

「知っとったんか？」

「えぇ。みんなもう、知ってますよ」

私は視線を落として静かに告げた。普段あまり顔を合わすことがない、学生アルバイトの人達は、きっと知らないだろうけれど。

「うん、いつ言おうかなって迷っとってん……」

「そうですか……」

私は下を向いた。二の句が継げない。

「よし、じゃぁ、今から、みんなに伝えることにする」

店長は決心したのか固い声で発し、小さめの脚立を手に持つと、バックヤードへしまいに行った。

そして店内の中央に、集まる。まずは恒例のお互いのファッションチェックを行う。

私は例のピンクのサーマルワンピースに、デニムのジャケットを羽織った。そして、真珠のペンダントを身につけた。

沢野さんは、ユニセックストレーナーを着こなした。色は、白。

この下に黒と白の縦ストライプのタイトスカートを穿き、腰にベルトを巻いていた。ピンクとベージュ色が混ざった口紅がキュートだった。

店長は、秋らしいワイン色のシャツワンピース。この下に黒いパンツを穿き、ベルトでウエストを作っていた。

西野君は、ユニセックスのトレーナーの黒。これに、カーキ色のパンツ。河合さんは、赤と緑のチェックのシャツに黒いベストを羽織り、紺色のチノパンツ。

沢野さんと西野君のファッションはかぶるが、今回のこの場合、男性スタッフと女性スタッフが一名ずつということと、色違いということもあり良しとされる。

何にせよ、男女兼用の服だからだ。私はファンデーションが崩れかけていた。それを沢野さんが気づきあぶらとり紙で抑えてくれた。

そんな中、店長は改まって「皆に話したいことがあります」と切り出した。

みんな、背筋をピンとし、居住まいを正す。

「私は、急ですが二週間後、プレスとして東京へ行くこととなりました」

「えっ」

短く低く声を出して驚いたのは、西野君だった。そういえば、彼一人がこのことについて知らなかったことを思い出す。

私と河合さんは彼が休みの日、沢野さんから聞いたから。二週間後なんて凄く急だ。

「長い間お世話になりました。二週間後、名古屋店から新しい店長がやってきます」

店長は告げた。

新店長は、佐々木店長よりも一つ下の二十四歳で、服飾専門学校を卒業している経歴を持つそうだ。最終的に、服の製作するほうに行くのが、目標なのだそうだ。

（あぁ、本当に人間関係が変わるんだ）

心が沈んだ。

みんな無言で店長の話を傾けていた。沈黙がおりる。

お祝いの言葉、何て言おう……。何と言えばいいのか、思いあぐねていると、店長が咳払いしてから「あの」と切り出す。

「実は私、みんなにプレゼントがあるねん」

思いがけない言葉に私達は「えっ」と、目を丸くし、四人で顔を見合わせた。

「ごめんな、うちの商品なんやけど、アウトレットやねん……。今はもう販売してへんやつ……。でもまだ流行おくれって言わへんからさ……。まず、沢野さんからな」

店長はそう言ってバックヤードへ行き、うちのショッパーを四つ持ってきた。ひとつひとつ、確認をする。

「これが、沢野さんで、これが岡田さんで」

店長は袋の中をチラッとチェックしつつ、それぞれ渡して行く。男性ふたりにも勿論、手渡された。

私は早速袋を開けてみる。タグがついた、チャコールグレーのノーカラーコートが入っていた。去年の真冬に発売になった商品らしい。定価では一万五千円の商品だった。アウトレットでは半額以下で買えるらしい。

沢野さんには、キャメル色のチェスターコート。

「可愛い！」

「わぁ、お洒落やわぁ」

私と沢野さんの声が重なる。チャコールグレーは私が大好きな色だった。大き目のファスナーの部分がまたお洒落。店長は私がチャコールグレーが好きなのを、覚えてくれていたようだ。

男性二人には、西野君には、赤と紺色の横ボーダーのセーター、河合さんには、コーデュロイの紺色パンツ。どれも紳士服として凄くお洒落だ。二人の男性陣も嬉しそうな笑みを浮かべている。

全員に、冬物商品が配られた。

「これから着てもらったら、ええなと思って」

店長は最後、微笑んだ。

私は目頭が一気に熱くなり、瞳から雫の形となった水滴が一滴、二滴と溢れだした。

『ティアドロップ』という言葉が、まさに相応しい。

「嫌やわぁ、岡田さん、泣かんでもええやん」

店長が窘める。沢野さんはそんな私の背中をさすった。

「だって、だって……」

私は子供のように、すすり泣く。お陰でメイクが崩れた。マスカラのせいで目の周りがパンダのようになってしまい、みっともない。後で顔を洗い、全部下地からやり直しだ。

店長の優しさと愛情が、このコートにこめられていた。彼女が選んでくれたこのコートはシンプルだけど、とてもお洒落だ。この冬、毎日でも着よう。

胸が激しく高鳴る。あまりの素敵なサプライズに胸を打たれ、涙は次々溢れた。開店二十分前の時、メイクセット一式を持って、トイレへ行った。メイク落としで化粧を落としてから、化粧水、下地クリームの順につけ、ファンデーションを塗る。次にアイメイクや口紅で仕上げて出来上がり。何とか開店に間に合うことが出来た。

3

店長が東京へ行く二日前。

三ノ宮の静かな雰囲気の和を強調した居酒屋で、店長のお別れ会が行われることになった。外壁は白だったが、中の壁は茶色で統一されていた。思ったよりも、広めの店内。

まだ真新しい店だからか、ペンキの匂いが鼻をくすぐる。あまり不快な匂いではない。半個室の畳の小上がり席になっていた。料理は何でもあるけれど、魚料理がおいしいそうだ。

私達は、店長にまずは、花束をお渡しした。店長は薔薇が好きなので、薔薇を中心に花屋でコーディネートしてもらった。赤、白、黄色。それにプラスしてかすみ草も。これは四人でお金を出し合った。今度は店長の瞳が揺れる。

そしてもう一つ。私と沢野さんはイギリスのブランドの、イチゴの模様がついたティーカップを。

西野君と河合さんの男性陣は、スチールの缶に入った宝石のような綺麗なクッキーの詰め合わせのセットを、店長にプレゼントした。

「ほんま、ありがとう」

店長は嬉しそうに何度も何度も頭を下げてくれた。

（あぁ、本当にお別れなんだ……）

今まで何人かスタッフが辞めたのは見てきたけれど、こんなに寂しい別れは初めてだ。でも喜ばしい別れだから、心から祝ってあげたい。店長が夢見て頑張ってきた仕事を手に入れたのだから。

（いいなぁ……）

少し羨ましさもあるが、私にはプレスは向いていない。そこまでの戦闘力はないから。皆で談笑しながら、店長はレモンサワーを飲む。勢いよく。私も沢野さんも今日は、お酒はレモンサワーを選んだ。男性二人はビールだった。まずは乾杯する。

自然に、無口になっていた自分がいた。一人で、熱い思いがこみ上げてきた。また泣くまいと、レモンサワーと一緒に涙を飲み干した。なぜこんなに寂しいのだろう。いつの間にか、尊敬し慕うようになったのが不思議だ。

そんな時明石の鯛の干物と、それぞれ、兵庫県産キヌヒカリのご飯が入ったおひつが置かれた。

「おいしそう」と四人は、交互に口にするが、私だけ無口だった。沢野さんはおいしそうと言いながらも少し寂しそうだった。私よりは、表情は豊かなような気がした。

男性二人は一見、普段と変わりない様子ではあるが、いつもより顔に笑みがなかった。この二人もきっと、店長を尊敬するようになっていたのだろう。おそらく心情は私と同じだ。

「岡田さん、どないしたんですか?」

西野君が、鯛の干物を箸で綺麗にほぐしながら、視線をずっと無言の私に転じた。

なぜこんなに寂しいのだろう、と頭の中で自問する。それればかりが浮かんだ。そして目頭が熱くなりまた、瞳から一滴、二滴、雫を落とす。

私はこんなに泣き虫だったのだろうか。この仕事に就いてから何度、泣いただろうか。

毎回毎回、店長に怒鳴られ……。西野君の教育係になったが、最初空気が読めなかった彼も仕事に慣れてくると、教育係からいつの間にか卒業していた。

彼が何か、やらかす度に、怒鳴られたことも今思えば、懐かしい。思い出はセピア色になっていく。

「岡田さん、泣かへんの」

店長は私の側にやってきた。柑橘系の素敵なフレグランスの香りがする。優しい爽やかな香りだった。そっと私の背中に触れ、さすってくれる。

「すみません……。めでたい席で」

私はハンカチを出し、涙を拭いた。そして気を取り直して、もう一度皆で乾杯をした。

次々と魚料理は置かれた。

魚料理のフルコースだ。メバルの煮つけ、刺身、煮物等が置かれる。私がメバルの身を箸でほぐした時だった。

「私、最初、岡田さん嫌いやったねん」

店長は申し訳なさそうに、声を振り絞るように切なそうに発した。私はその言葉に驚き、思わず下げていた視線を上に戻す。

(やっぱり嫌われてたか……)

自分が嫌いな人は、相手にも嫌われてると思ったほうが良いとは、よく言ったものだと納得した。動揺を堪えるように、唇を結ぶ。

しょぼんとまた、気持ちが萎んだまま「そうですか」とメバルの身を口元へ運ぶ。

「けど、その中に女の嫉妬が入ってたんは、事実や」

「はい？」

私は意味が分からず、首を傾げた。

「岡田さん、根性あるんやもん。いつも仕事覚えるん、一生懸命で。売り上げに達してなかった時は、真っ先に何か買うっていうこと、よくあったし。買うたらその服を次の日には、早速上手いこと、コーディネートして着こなすんやもん。お洒落や、この子、やるな、って思ったわ」

店長が私のことを褒める。予想外だった。

（根性ある？　私が？）

そんな疑問を浮かべつつ、私は目を瞬かせるしかなかった。そんな中、店長は言葉を続ける。

「あんたお洒落やし、可愛いし、お客様からも人気があるし。でもな、大学中退して入って来たばかりの子やから、きっと、この仕事もすぐに辞めるんやろな、って思ったけど、辞めんかったし……。ほんまにセンス良くて、羨ましいなぁって思って、嫉妬しとったんは事実やねん」

私は「貴女は私ですか？」と聞きたくなった。私も、店長は美人でセンスがあり、コーディネート上手だと思っている。お互い隣の芝生は、青く見えたのだろうか。

「お互い、嫉妬、羨ましごっこですね」

私は思わず含み笑いが漏れた。

「え？」と店長は、レモンサワーを飲み干した後の、お代わりをしたばかりのビールのジョッキを手に持ち、傾けたまま静止する。

「私も店長に嫉妬してました。仕事も出来て、売り上げの上げ方も感覚で身につけて、凄く綺麗で細くて。羨ましかったです」

私はまた涙腺が緩み、再びレモンサワーと一緒に涙を飲み干す。

すると、店長が「そうか」と、顔をクシャクシャにしながら笑った。こんな嬉しそうな店長の顔を見たのは初めてだった。心から嬉しそうな顔。

この人はどんな顔も、様になる。素敵だ。

「もう、女ってのはな！　見ててじれったいねん、もう！」

西野君が苛立ちの言葉を荒げた。私も店長も意外な台詞に驚き、西野君のほうに視線を向けた。

「もう、そんなことどうでもええやないですか。そんな辛気臭い。どっちも美人やねんから、自信もって頑張って下さいよ、もう」

酔った勢いもあるだろう。西野君にしては上手くまくし立てる。時々この人は良いこと、言う。いや、時々は余計かな。

でも、今の口調は少し、面倒くさそう。つい最近までは余計なこと言ってばかりだったけど、言わなくなったから、自分で学んだところもあるのだろう。

「じゃぁ、じゃぁ、もう一度乾杯しましょう」

活気づけるように、河合さんはビールのジョッキを手に持った。皆で良い声がハモる。

「乾杯!」

再び店長の瞳は、もう少しで水滴が溢れそうになっていた。

4

すっかり蒲団から出るのが辛い季節になり、白い息が空気の中に見えるようになっていた。あちこちから、楽しそうなクリスマスソングの調べが、耳に入って来る。

神戸市内に点在しているパティスリーでは、クリスマスケーキの予約のポスターがデカデカと店のウインドウに貼られている。

旧居留地には一九九五年から毎年、クリスマス前後に開催されている『ルミナリエ』

が開催され始めた。

大丸神戸店の周囲の通りに、幾何学的模様のイルミネーションが道にライトアップされ、光の祭典と言われている。阪神・淡路大震災の後、復旧のために開催されるようになった。

この時期はたくさんの人が神戸に訪れる。『ルミナリエ』の光のお陰で、冬の神戸は美しい。

冬物バーゲンが少し始まり、冬物がじわりじわりと売れている今日この頃。お陰で、売り上げの目標の数字も達成出来た。

店長が東京に行ったあの日から、神戸の街には、季節ごと持ち去ってしまったように少しずつ寒さが染みるようになり、いつの間にか冬になっていた。

ユニセックストレーナーは私、自ら手作りのイラスト付きのＰＯＰを作り、店頭の入り口に貼った。男女兼用商品であり、チュニックにも出来ることをアピールすると、十月位に馬鹿売れした。

今は、半額で店頭に出ているが、完売までもうすぐだ。

最近、うちでも全国の店舗でも、同じく飛ぶように売れているものがあった。両肩の部分に花柄の刺繍が入った、セーター。色は紺色と茶色を展開している。まさに冬らしい色だ。これからどんどん寒くなる。一月、二月は特に。

神戸は『六甲おろし』が吹く、とても寒い地域だ。そんな寒い季節にも、ピッタリだろう。

これは店長が、いやもう、プレスになったのだから『佐々木さん』とお呼びしよう。雑誌の編集者から「十二月号の冬服特集で使えるセーターはありませんか？」と相談を受け、佐々木さんはこの商品を選んだということだ。このセーターが掲載されると、刺繍の可愛さに読者は釘付けになったのか、本当に飛ぶように売れた。

流石、佐々木さん。やってくれる。チョイスが上手い。完売して、入荷するの繰り返し。よく完売もするので私も沢野さんもそして、新店長も……。

在庫が少ないから、これを着て店頭に立てないのがとても残念だった。新店長は前の店長同様、背が高く端麗な顔立ちの女性だった。

ショートヘアがとてもよく似合い、パンツスタイルが好きなようで、着こなしが上手だった。

そして天真爛漫で明るい性格。良い店長が来たものだ。この人となら上手くやっていけると、ホッとした。

佐々木さんとは、たまにあれからＬＩＮＥをしたりしている。東京での生活はまだまだ慣れなくて大変なものがあるらしいが、彼女のことだ。そのうちすぐに上手く立ち回ることが、出来るようになるだろう。

今度、佐々木さんは一度神戸に遊びに来てくれるらしい。その時がとても楽しみだ。

「あぁーあ、福袋作り大変やなぁ」

沢野さんが、ため息を落としながら、ボディに新作のコートを着せる。ベビーピンクのお洒落な色のコートだった。

「そうですねぇ」

茶色のショルダーバッグをボディの肩に提げさせながら、福袋の作業のことを考えると、ゾッとした。

お正月は私達、アパレルショップのスタッフは一番多忙だ。残業はつきもの。二日は徹夜する気で頑張らなければならない。

とても大変な作業だ。朝、八時に出勤し、二十三時まで帰れないことはザラ。

「あー、でも乗り越えなあかんな」

沢野さんは少し重く嘆息した。本当にその通り。今は過酷だけど……。

三月になったら、まとめて休みがもらえることになっている。それまでの我慢だと、自分に言い聞かせる。

その時は、東京へ行って、佐々木さんとおいしいものでも食べてこよう。プレスの仕事の様子、是非お聞きしたい。

開店五分前。

私達はお客様をお迎えするために入り口に、整列する。開店すると、冬物セール商品を求めて今日はたくさんのお客様が、訪れた。

「いらっしゃいませ」

スタッフ一同、声がハモる。

色の相談、デザインや好みの相談、何でもお申しつけ下さい。上手にコーディネートしてみせます。洋服は毎日着るものだから、是非楽しんで下さい。

今日も私は、お客様一人ひとりに合った洋服を、あなたに似合う洋服をお選びします。

あとがき

皆さん、こんにちは。文月向日葵です。

私自身が兵庫県の出身で、大好きな神戸の街を舞台にしました。明石や神戸の街の描写を書く度、懐かしい関西弁を書く度「あぁ、実家に帰りたいな」と、いつも思いました。

神戸といえばファッションの街であり、洋菓子の街。そして何と言っても『日本のケーキ三大都市』の中に入っています。

ファッション、洋菓子。どちらにも触れたご当地小説を書きたいな、と思いついて書いたのが、この作品です。

アパレル業界は長い間、不況です。やはりその背景には、ファストファッションなどの手頃な値段で買える店が、進化してきたことにあるでしょう。

けれども駅ビルやショッピングモールに行けば、素敵な洋服はたくさん目に入ってきます。それに今はそんなに高くない、アパレルショップも増えてきました。

私も未だ、駅ビルなどに入っている、お洒落でキラキラした雰囲気のショップが好きだったりします。

今回洋菓子の他にも、兵庫県のおいしいものをストーリーの中に入れました。明石焼き、穴子丼、かつめし。この作品では取り入れませんでしたが、姫路にいけば姫路おでんもありますし、どろ焼きもあります。故郷の兵庫県にはおいしい物がたくさんあり、特に、出汁で食べる明石焼きは、食べると故郷の懐かしさを感じます。

この物語の主人公は自分の住んでる地域のご当地フードや、スイーツが大好き。スイーツは特に！　スイーツこそお洒落な神戸にぴったりな、素敵なものだと思います。仕事や勉強を頑張っている女性には、甘いスイーツは特に心にも脳にも癒やしてくれます。元気がない時に食べると、ケーキは、一層おいしさが増すものだと思っています。疲れた時は、是非皆さんにも食べて頂きたいです。

朱音は、きっとこれからもファッションや流行を常に意識しながら、洋服の販売員を続けて行くことでしょう。そんな彼女を私は筆者として、心より応援したく思います。

全国のアパレル販売員の方も応援しています！

洋服を買いに行った際は、是非、洋服選びにつきあって下さい（笑）。

この度は『アパレルガールがあなたの洋服お選びします』を手に取って頂き、ありがとうございます。

二〇一九年　六月　文月向日葵

この物語はフィクションです。
実在の人物、団体等とは一切関係がありません。

文月向日葵先生へのファンレターの宛先

〒101-0003　東京都千代田区一ツ橋2-6-3　一ツ橋ビル2F
マイナビ出版　ファン文庫編集部
「文月向日葵先生」係

ファン文庫

アパレルガールが
あなたの洋服をお選びします

2019年7月20日　初版第1刷発行

著　者　　文月向日葵
発行者　　滝口直樹
編　集　　山田香織（株式会社マイナビ出版）
発行所　　株式会社マイナビ出版
〒101-0003　東京都千代田区一ツ橋2丁目6番3号　一ツ橋ビル2F
TEL　0480-38-6872（注文専用ダイヤル）
TEL　03-3556-2731（販売部）
TEL　03-3556-2735（編集部）
URL　http://book.mynavi.jp/

イラスト　　くじょう
装　幀　　釜ヶ谷瑞希＋ベイブリッジ・スタジオ
フォーマット　　ベイブリッジ・スタジオ
ＤＴＰ　　富宗治
校　正　　株式会社鷗来堂
印刷・製本　　図書印刷株式会社

●定価はカバーに記載してあります。●乱丁・落丁についてのお問い合わせは、
注文専用ダイヤル（0480-38-6872）、電子メール（sas@mynavi.jp）までお願いいたします。
●本書は、著作権法上、保護を受けています。本書の一部あるいは全部について、
著者、発行者の承認を受けずに無断で複写、複製、電子化することは禁じられています。
●本書によって生じたいかなる損害についても、著者ならびに株式会社マイナビ出版は責任を負いません。
©2019 Himawari Fumizuki ISBN978-4-8399-7030-7
Printed in Japan

プレゼントが当たる! マイナビBOOKS アンケート

本書のご意見・ご感想をお聞かせください。
アンケートにお答えいただいた方の中から抽選でプレゼントを差し上げます。
https://book.mynavi.jp/quest/all

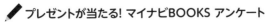

ファン文庫

あやかしだらけの託児所で働くことになりました

著者／杉背よい
イラスト／pon-marsh

「第3回お仕事小説コン」入選作を書籍化！
疲れ知らずの先生の秘密とは――？

教師になる夢に破れた創士が辿り着いた街のビルの中の託児ルーム『さくらねこ』。そこは一風変わった先生と元気な子どもたちが集う託児所だった!?

Fan
ファン文庫

あやかし動物病院の診察カルテ

人間と動物、あやかし、それぞれ違うけど
大切に想う気持ちは一緒

新人動物看護師の梨々香はあやかしたちの力を借りて、
黒瀬動物病院に訪れる飼い主たちの悩みを解決していく——。

著者／一文字鈴
イラスト／秋月アキラ

ファン文庫

伊達スタッフサービス
摩訶不思議な現象は当社にお任せを

著者／たすろう
イラスト／鳥羽雨

一癖も二癖もある社長と個性的なスタッフたちが
巻き起こすオカルトお仕事コメディ！

派遣の継続契約もとれず、途方に暮れていた川伊地麻衣は初めてのひとり居酒屋で伊達炊亨という男に出会う。彼の口車に乗せられて、伊達が経営する派遣会社に社員登録をすることに——。

Fan
ファン文庫

万国菓子舗　お気に召すまま
幼き日の鯛焼きと神様のお菓子

著者／溝口智子
イラスト／げみ

当店では、思い出の味も再現します。
大人気の菓子店シリーズ第7弾！

ぶらりと立ち寄った蚤の市で高額な一丁焼きの鯛焼き器を手に入れた荘介。それを知った久美から「経費節減！」と叱られる。しかしその金型には、思い出がたくさん詰まっていた。

Fan
ファン文庫

君と過ごす最後の一週間

著者／新井輝
イラスト／ツグトク

普通の兄妹の不思議な一週間の物語。

ある日、突然妹の都湖子が交通事故で亡くなった。
寂しさで落ち込んでいた博史の前に、死んだはずの妹が現れる。
彼女のやり残したこととは——？

Fan
ファン文庫

浅草ちょこれいと堂

雅な茶人とショコラティエール

悩み多きショコラティエール
のお仕事奮闘記！

頑張り屋のショコラティエールとイケメン茶道家が経営する、
浅草駅からほど近いチョコレート専門店『浅草ちょこれいと堂』。
甘くとろけるような幸せの味をお届けします。

著者／江本マシメサ
イラスト／細居美恵子

ファン文庫

ご試食はいかがですか？
店頭販売は伊達じゃない

著者／迎ラミン
イラスト／ななミツ

『白黒パレード』の著者が描く、
試食販売員のお仕事奮闘記!!

試食販売員の緑子と羽田がスーパーなど
出向く先で遭遇するさまざま事件を
解決していく——。